KAHRAMAN TAZEOĞLU

# Simru

*İhanetin bahanesi yoktur*

DESTEK
yayınları

DESTEK YAYINLARI: 791
EDEBİYAT: 218

**KAHRAMAN TAZEOĞLU / SİMRU**



*İmtiyaz Sahibi:* Yelda Cumalıoğlu
*Genel Yayın Yönetmeni:* Ertürk Akşun
*Yayın Koordinatörü:* Özlem Esmergül
*Editör:* Devrim Yalkut
*Kapak Tasarım:* İlknur Muştu
*Sayfa Düzeni:* Cansu Poroy

Destek Yayınları: Mart 2017
Yayıncı Sertifika No. 13226

ISBN 978-605-311-231-0


Abdi İpekçi Caddesi No. 31/5 Nişantaşı/İstanbul
Tel.: (0) 212 252 22 42
Faks: (0) 212 252 22 43
www.destekdukkan.com
info@destekyayinlari.com
**facebook**.com/DestekYayinevi
**twitter**.com/destekyayinlari
**instagram**.com/destekyayinlari

**bambaska.sayfa**@gmail.com

Deniz Ofset – Nazlı Koçak
Sertifika No. 29652
Maltepe Mah. Gümüşsuyu Cad.
Odin İş Mrk. B Blok No. 403/2
Zeytinburnu / İstanbul

# Simru

Kahraman Tazeoğlu'ndan

DESTEK
yayınları

*Bu kitap canı pahasına alevlerle mücadele eden kahraman itfaiyecilere adanmıştır...*

## "Eski Sana..."

*"Bazen bir yara öldürmez belki ama bütün bir hayatı elinden alır...*

*Kaybettiğimiz halde bir gün döneceğine inandığımız insanlar vardır. Ansızın kalbimize misafir oluveren ve hiç ummadığımız bir anda içimizden çıkıp giden... İşte bu yüzden sevmek bize kaybetmeyi de öğretir. Biz yolcu etmiş olmasak bile onlar bizim gidenlerimizdir. Sen de öylesin benim için. Sevmeyi seninle öğrenmiştim ben. Senden önceki hayatım sevdiğimi zannettiklerimle doluymuş.*

*Gülsen gamzelerine gömülürdüm, ağlasan yanaklarından yuvarlanırdım. O yüzden hep gidecekmişsin gibi bakıp hiç gitmeyecekmişsin gibi tutundum gözlerine. İçinde neleri yüzdürdüğünü bilmeyen bir denizdi o gözler. Günün birinde mutlaka boğulacakmışım gibi yüzüp, aynı zamanda hiç batmayacakmışım gibi kulaç attım o deniz gözlerinde. Seni korkarak sevdiğim doğrudur. Kaybetme korkusuyla, kazanma arzusunun savaşıydı içimdeki.*

*Oysa ne kadar iyi biliyordum, seni tanıyacak kadar şanslı, senin olamayacak kadar bahtsız olduğumu... Bir şarkıdan ezberlemiş gibiydim adını, benim olmayan, bana söylenmeyen ama hep benimmiş gibi duran bir şarkıdan...*

*Sen çölünü içinde taşıyordun ve benim suyum sana hiçbir zaman yetmeyecekti. Ama sevgim çoktu. Hayır, hayır! Çok bile azdı... Daha yola çıkmadan çıkmaza girmekti sana bağlanmak. Hayatın öteki tarafıydı. Daha çok ölüme yakındı.*

*Kimseye öykünmeden, şairlerin aşkı anlatan şiirlerine yüz çevirerek, şarkılara inat, filmlere uzak, tecrübe edilmemiş bir duyguyla... Yani, kendi imkânlarımla sevdim seni. Çok küçüktüm daha... Elimden geldiği kadar değil, elimde avucumda hiçbir şey kalmayana dek sevdim. Varlığına saklanıp, yokluğuna sığınırcasına sevdim. İçimdeki kalabalığın, bir gün yokluğunun çokluğu olacağını bile bile sevdim. "Vereceği mutsuzluk yokluğundan iyidir" dedim. Kalbimi ezmene, üstüne basa basa içimden geçmene razı oldum. Ruhumda açtığın yaraları bile sevecek kadar çok sevdim seni. Ama bunların hiçbirinden sana bahsetmedim. Seni ne kadar sevdiğimi kelimelere dökmedim. Okumanı değil, görmeni istedim. Güzel sözlerle şiir gibi konuşup başını döndürmedim. Kendimi gözümden silip hep seni yücelttim. Çünkü gözünde değil gönlünde büyümek istedim. Mutluydum ve bedelini bir gün mutlaka ödeyecektim!*

*Bana sevmeyi sen öğretmiştin. Söyle! Şimdi senden öğrendiklerimle başkalarını mı seveceğim? Hayır! Bunu yapamam. Senden aldıklarımı başkasına veremem. Senin için doğduğuma inanırken başkasında ölemem. Kendime ihanetim olur bu. Seninle yaşadıklarım yine seninle ölür... Başkasında yeşermez. Bundan sonra yalnız senin hatıralarınla yaşayacağım. Belki sana iyi sahip çıkamadım ama inan hatıralarımıza çok iyi bakacağım. Onları kendimle bile kirletmeyeceğim. Kimseye benzetmeyeceğim seni. Ve kimsenin kendisini sana benzetmesine izin vermeyeceğim. Sen, hep sen gibi kalacaksın bende... Seni, tutamadığım sözler gibi değil, kendime ettiğim yeminler gibi saklayacağım. Namusumla, şerefimle... Bende bıraktığın izlerle ve benden alıp götürdüklerinle, bir de bu ikisinin arasındaki uçurumlara rağmen seveceğim seni yine...*

*Belki tenimin tuzunda hiç olmayacaksın ama dudağımın kenarında taşıdığım mutlu gülüşün adı olarak kalacaksın. Kimseler bilmeyecek o gülümseyişin varlık sebebini. Her gören beni kendisinin mutlu ettiğini düşünecek belki... Sense dudaklarımda taşıdığım ama dudaklarımın hiç dokunamadığı olarak kalacaksın bende.*

*Seni kimsede aramayacağım. Aramayacağım gibi kimsenin de bendeki seni görmesine müsaade etmeyeceğim. Seni saklayacağım şiirlerimde, seyrettiğim filmlerde, sustuğum gecelerde. Gözlerimde taşıyacağım suretini. Baktıkları ama göremedikleri olacaksın. Seni sevmeye devam edeceğim gizli gizli. Herkesten ve her şeyden gizli. Senden, belki de benden bile gizli. Kimse seni soramayacak bana. Ölüm gibi susacağım seni soranlara. Dün söylediklerimi duymayanlar bugün neden sustuğumu da anlamayacaklar. Ne senden bahsedeceğim onlara ne sensizlikten. Varlığını yokluğuna sarıp sarmalayacağım. Seni gözümde yaş diye taşısam bile başkalarına içimi asla dökmeyeceğim. Seni hep böyle seveceğim... Ama eski seni...*

*Sen de anlatma beni kimseye. Çünkü birine içini dökmek ona yaralarını göstermektir unutma. Unutulmaya yüz tutmuş izlerimi başkalarında hatırlamaya çalışma. Kimseyi benim yerime koyma. Başkalarını birbirimizin yerine koyarsak önce kendimize ihanet etmiş oluruz. Başkalarında birbirimizi ararsak kendimizden çok o bulduklarımıza yazık ederiz. Ben ne geçmişimde yer etmiş olan seni, ne de geleceğimde olmayacak olan seni unuturum. Rabb'ime sığındıkça anılarımıza sahip çıkacak gücü de bulurum.*

*Hâlâ geçmişte yaşıyorsan geçmiş hâlâ geçmemiş demektir. Ben geçmişimi geleceğimin yerine koyar mutlu olurum. Gözlerimde atan bir kalp var, belki bir gün görürsün. Ben sende kendimi abartıyorum. Çünkü âşığım. Aşk ruhun kanıdır sevdiğim. Yorulmuyor işte insan, sana ait tek bir güzelliği saklamak adına bir sürü acıyı taşımaktan, güzelliğini unutmamak için onca kötülüğü hatırlamaktan... Aslında nereye varmayı başaramamışsa orayı özlüyor insan.*

*Seni sevmenin en ince yanı ne biliyor musun? Hâlâ sevebiliyor insan, kalbi hiç kırılmamış gibi... Sen bensiz yaşıyorsun da ben sensiz ölemiyorum bile inan ki..."*

Gizli defterine bunları yazıp bir daha açmamak üzere kapattı Simru. Gözünden akan yaşları sildi ve odasına kayıtsız gözlerle baktı. Sadece o defterin değil, artık geride kalan bir hayatın da kapağını kapatıyordu... Daha önce hiç terk edilmemişti. İlkti bu ve son olacaktı. Bir daha kimseyi sevmeyecekti. Hayatına giren ilk erkeğin, aynı zamanda hayatından çıkan ilk erkek olması ne acıydı.

Ona bu satırları yazdıran, onun çocukluk aşkı Çağrı'ydı. Çağrılmadan gelmişti ve artık çağrılsa da geri dönmeyecekti. Bu acı altında kalmış olmakla birlikte, aynı gerçeğin altından kalkabilmek için yazdı bu sözleri. Son kez baktı defterine. Bir daha kim bilir ne zaman açılacaktı o kapak...

# 1

*(Bir yıl sonra)*

Simru diploma için keple çektirdiği fotoğrafını almaya gitti. Cadde üstündeki ünlü Elmas Fotoğraf Stüdyosu çok eski bir firmaydı. Buraya dükkân değil, mazağa denmeliydi, çünkü içinde kozmetik reyonu ve bir de güzellik salonu vardı. Seksen yıllık firma ilk olarak tarihi bir köşkün giriş katında açılmıştı. Şimdi o üç katlı köşkü restore etmişlerdi. Giriş katta kozmetik reyonu, ikinci katta güzellik salonu, üçüncü katta ise fotoğraf stüdyosu vardı. Kozmetik reyonu camdan bir saray gibiydi, güzellik salonu eflatun kadifelerin baskın olduğu kumaşlar ve aynalarla modern ve yumuşak bir zarafet sergiliyordu. Fotoğraf stüdyosu ise olduğu gibi duruyordu. Sadece yeni makineler katılmıştı stüdyoya. Mobilyaların, çerçevelerin tümü ahşaptı. Firmanın özel çerçeve atölyesi bile vardı. Eski bir gazinoyu, eski bir sinema fuayesini andırıyordu. Yeşilçam'ın yıldızları, duvarları kaplamıştı.

Birbirinden güzel kadınlar, birbirinden yakışıklı erkekler yaşıyordu duvarlardaki fotoğraflarda. Masum güzellikler fotoğraflara ışınlanmıştı. Bir dönemin bütün aktris ve aktörleri, İstanbul sosyetesinin güzel kadınları, hayranlarının yüreklerini yakan şarkıcı, kantocu, dansözler burada toplanmıştı. Bir güzellik müzesi gibiydi stüdyo. Naci Elmas, bir dönemin ünlü moda fotoğrafçısıydı. Eski güzellik kraliçelerinin fotoğraflarını hep o çekmiş, bir duvarda sıralamıştı. Hepsi olduğu gibi duruyordu.

Simru için okul hayatı her şeyden önce geliyordu. Üniversiteden mezun olurken keple çektirdiği fotoğrafı ömür boyu saklayacaktı. Bu nedenle en iyi stüdyoya gitmişti. Fotoğrafları almaya giderken heyecanlıydı. Çünkü Elmas bir mağazalar zinciriydi ama köşkün üçüncü katındaki evladiyelik stüdyoda yalnızca ünlülerin fotoğrafları çekilirdi. Simru girişken bir kızdı, diploma fotoğrafını özellikle orada çektirmek istediğini açıkça belirtmek için kapıdan içeri kepi ve cüppesiyle girmişti. Doğru üçüncü kata çıkmış ve oradaki fotoğrafçıyı ikna etmek için "Ben bu fotoğrafı ömür boyu saklayacağım ve yeri hiç değişmeyecek" demişti.

Bunu söylediği kişi Naci Elmas'ın oğullarından biriydi. Adam yirmi yıl önce ölmüş, firmayı oğullarına bırakmıştı, markayı geride kalan üç oğlu işletiyordu. Bunlardan biri babasının yolunda yürüyor, fotoğrafçılığı sürdürüyordu. Diğer ikisi yalnızca mağazaların yönetimiyle ilgileniyordu. Simru o gün bu oğullardan Ceyhun'a tesadüf etmişti. Onun Ceyhun Elmas olduğunu bilmiyordu. Ceyhun onun sözünden etkilenmişti. Onu önce aşağıya yolladı, güzellik salonunda makyaj yaptılar. Simru, mezuniyet balosunda giymek istediği mor elbise için para biriktirmiş, zar zor toparlamıştı. Bu paranın yarısını bir makyaja vermek zorunda kaldı orada. Gelirken önce elbiseyi alsam, onunla da fotoğraf çektiririm diyerek yola çıkmış ama yağmur bastırdığı için vazgeçmişti. Başka bir elbise almak için gittiğinde mor elbisenin yüzde elli indirimli satıldığını görünce çok sevinmiş, hemen satın almıştı. Makyaja verdiği parayı da helal etmişti.

Ceyhun fotoğraf çekmeden önce kendini tanıtmış, Simru'yla yarım saat sohbet etmişti. O kadar mahrem sorular yöneltmişti ki, Simru utanmış, kendisine asıldığını düşünmüştü. Ceyhun onun tedirgin olduğunu anlamış ve bir açıklama yapmıştı. O, mesleğini babasından öğrenmişti. Fotoğraf makinesi tamamen saydam bir icattı. Göz ne görüyorsa, makine onu çekiyordu. "Bir insanın yüzü her an değişir, bir saniyede bile sonsuz değişim içindedir ve makine sadece bir anı sabitler. Hüner o anı yakalayabilmek, bu da gözle, parmakla değil, ancak yürekle olur. Üçü birleşmelidir. Ben sadece seni tanımak istiyorum. Benden güzel bir fotoğraf değil, ömür boyu saklayacağın ve yeri hiç değişmeyecek bir fotoğraf istedin. Ben de senin saklı ve değişmez yanını sezmeye çalışıyorum."

Ceyhun böyle söyleyince Simru'nun içi rahatladı. Adamın kendisine asılmadığını, öyle densiz biri olmadığını, sadece mesleğini icra etmeye çalıştığını anladı. Ceyhun niyetini ona bu kadar açıkça ortaya koyunca, keşfetmeye çalıştığını da açıkça sordu.

"Sence senin saklı ve değişmez yanın ne?"

Simru "Bilmiyorum" dedi.

Ceyhun sempatik bir ifadeyle "Demek ki senden bile saklı. Yeri değişmez olmasına rağmen bulamadıysan, çok gizli bir yerde olmalı" diye espri yaptı. Başka bir şey sormadı, söylemedi. "Haydi gel, başlayalım" dedi.

Ceyhun fotoğraflarını çekerken ondan hep kendisini düşünmesini istedi. Kendisinde en çok sevdiği huyları, tatlı anılarını, sonra kimlere güzel görünmek istiyorsa, onları bir bir gözünün önüne getirmesini ve makinenin yerine koymasını söyledi. Yarım saat, belki biraz daha fazla zaman ayırdı Ceyhun ona. Çekim bittiğinde teşekkür etti.

"Fotoğrafları merak ediyor musun?" diye sordu.

Simru "Evet, çok merak ediyorum. Çünkü vesikalık çektirmiş gibi hissetmedim hiç. Söylediklerinizi unutmuyorum. Beni nasıl gördüğünüzü öğrenmiş olacağım" dedi.

Ceyhun "Bir insanın yüzü nasıl her an değişiyorsa, insan da her an değişir. Yani ben de her an değişiyorum. Fotoğraflar seni nasıl gördüğümün belgesi değil, bir çakışmanın ürünü olacak" diye karşılık verdi.

***

Simru fotoğrafları almak için üçüncü kata çıktığında Ceyhun'la yine karşılaşacağını sanıyordu. Oradaki genç kadına "Ceyhun Bey yok mu?" diye sordu.

"Hayır yok. Ceyhun Bey nadiren gelir. Neden aramıştınız?"

"Ben fotoğraf çektirmiştim kendisine."

Kadın "Öyle miiii?" dedi uzatarak. Şaşırmış ve önemsemişti.

"İsminiz?"

"Simru... Simru Özcan."

Kadın "Simru Özcan" diye tekrar etti. "Manken misiniz?"

"Öğrenciyim. Diploma için fotoğraf çektirmiştim."

Kadın hayretle "Aaaaa... Tamam tamam. Sizi tanıyamadım. Hemen getireyim" dedi. Arşiv odasına gitti.

Simru onun tepkisine bir anlam verememiş, üstünde de durmamıştı. Ceyhun'u tekrar göremediği için hayal kırıklığına uğramıştı. Fotoğraflara baktıktan sonra onunla birazcık daha sohbet edeceklerini umuyordu. Çünkü sorduğu soru o günden beri Simru'nun aklına takılmıştı. Saklı ve değişmez yanım ne? Şimdi çok önemsediği diploma fotoğrafını değil, saklı ve değişmez yanını göreceğini sanıyordu. Böyle bir merak, böyle bir hevesle gelmiş, ama karşısında başka birini bulmuştu.

Kadın, fotoğrafları kapalı bir zarfta getirdi.

"Fotoğraflarınız burada. Negatifler bizde kalıyor. Prensibimiz böyle. Arzu ederseniz, çoğaltabilirsiniz. Negatifleri elli yıl saklıyoruz. Garantimiz var."

"Peki, teşekkür ederim. Şeyyy... Acaba borcum ne kadar?"

Simru bunu sorarken çenesi titredi. Çünkü makyaja verdiği parayı göz önüne alırsa, pişman olacak bir meblağ çıkabilirdi. Ceyhun Elmas'la sohbet edince, fotoğrafların parasını sormaya çekinmişti. Baştan sormamıştı, sohbetten sonra zaten vazgeçtim diyemezdi. Bu yüzden babasının kredi kartını almıştı yanına.

Kadın "Borcunuz yok" dedi.

Simru şaşırdı. İster istemez "Efendim?" dedi.

Kadın tekrar söylemek zorunda kaldı. "Borcunuz yok. Ceyhun Bey kendi çekmiş."

"Anlamadım."

"Ceyhun Bey sadece ajanslarla çalışır. Onlarla kurumsal anlaşma yapar. Müşterilerin fotoğraflarını çekmez. Zaten bu stüdyoda müşteri fotoğrafı çekilmiyor. Siz daha önceden tanışmıyor muydunuz?"

"Hayır, burada karşılaştık. Biraz sohbet ettik, o kadar."

Kadın gülümsedi. "Sempatik birisiniz. Sizi sevmiş olmalı" dedi.

"Belki. Ama çok ilgilendi benimle."

"Fotoğraflardan belli. Sizi tanıyamadım."

"Hı?"

"Ben fotoğrafları gördüm. Katalog çekimi sandım. Sizi tanıyamadım."

"Öyle mi? Çok mu farklı?"

"Bana sormayın. Ne de olsa göreceksiniz."

Simru'nun merakı birden katlandı. Hemen orada açıp bakmak isterdi ama bunu biraz ertelemeyi seçti. Kendisi için özel bir yere gidip orada bakmalıydı. Fotoğraflar bir hediye olduğuna göre, onlara vereceği parayla kendisine güzel bir kahve ısmarlayabilirdi. "Acaba nereye gitsem?" diye geçirdi içinden. Mihrimah Sultan Çay Bahçesi...

Zarfı çantasına koydu. "Ceyhun Bey'e selam söylersiniz. Teşekkürümü iletin lütfen."

"Tabii ki."

"Hoşça kalın. İyi çalışmalar."

"Güle güle."

***

Nişantaşı'ndan yürüyerek caddeye çıktı, bir otobüse bindi. Taksim'e gitti. Ara sıra çantasını açıp zarfa bakıyordu. İstiklal Caddesi boyunca salınarak yürüdü. Galatasaray Lisesi'ni geçti, Tünel'e yaklaştıkça heyecanı artıyordu. Kadın "Fotoğrafları gördüm, sizi tanıyamadım" dediğine göre çok farklı çıkmıştı. Yalnızca makyajdan, kepten olamazdı. Saklı ve değişmez yanını bulmaya gider gibi yürüyordu Mihrimah Sultan Çay Bahçesi'ne. Eski sokaktan aşağı inerken kalbi çarpmaya başladı.

Kapıdan girdi, salonu geçti, bahçeye çıktı. Kalabalık değildi, duvar dibindeki masalardan birine oturdu. Orta şekerli bir kahve söyledi. Zarfı çantasından çıkardı ve masaya koydu. Kahve pişene kadar kapalı zarfa baktı. Ne göreceğini çok merak ediyordu. Üç beş dakika geçmek bilmedi. Sonunda kahvesi geldi. Simru derin bir nefes çekti, zarfı açtı. Tek tek çıkartıp bakacaktı fotoğraflara. Kaç tane olduğunu bilmiyordu ama zarf kalındı. Vesikalık haricinde, büyük boy da basılmıştı fotoğraflar.

Simru daha ilk fotoğrafta heyecanının boşuna olmadığını gördü. Kadının kendisini tanıyamamasında şaşacak bir şey yoktu. Fotoğraftaki kız elbette kendisiydi ama yüzü bambaşkaydı. Hayret etmiş, hayran kalmıştı. Simru'nun yüzlerce fotoğrafı vardı, çoğunu arkadaşları çekmişti, kullandıkları cep telefonları, fotoğraf makineleri yabana atılır modeller değildi. Her gün aynaya bakardı, hatta uzun uzun bakardı ama kendisini hiç böyle görmemişti, bir kere bile. Olduğundan daha güzeldi ama nedeni makyaj değildi. Bambaşka birine bakar gibiydi. Ceyhun gözünün önüne geliyor, sohbet hayalinde bir daha canlanıyordu.

Tek tek baktı fotoğraflara. Hepsi de çok güzeldi. İfadeleri ne kadar farklı olursa olsun, bütün fotoğraflarda ortak bir yan vardı. Görüyor ama adını koyamıyordu. Tebessüm değildi, bazıları hüzünlü çıkmıştı. Bazıları kadınsı, bazıları çocuksuydu. O da değildi. Daha önce fotoğraflarına hep acaba güzel mi çıkmış, acaba nasıl çıkmışım diyerek bakardı. Şimdi kendisini tanımak için bakıyordu, kendini arıyordu. Hatıradan çıkan bir şarkının dilin ucuna gelmesi ama bir türlü söylenememesi gibiydi. Aradığı, merak ettiği, bilmek istediği gözünün önündeydi, bundan emindi ama adını koyamıyor, sanki uzanıp da tutamıyordu. Bunu Ceyhun'la konuşmayı çok isterdi. Acaba onu tekrar görebilir miydi?

Bir kahve daha söyledi. Fotoğraflara tekrar tekrar baktı, diploma için birini seçti. Fotoğrafları zarfa geri koyarken, içinde bir kâğıt olduğunu gördü. Kâğıdı çıkartıp baktı. Ceyhun bir not düşmüştü:

"SU NEDEN YANMAZ?"

## 2

Simru bu sorunun yanıtını bilmiyordu. Ceyhun'a sormayı çok isterdi ama hemen değil elbette. Bunu düşünecekti. Uzun uzun, enine boyuna düşünecekti. Ya kendisi bulursa onu arayacaktı, ya da pes ederse.

Bu soruyu belki öylesine şairane bir incelikle, belki de bilgece bir dostlukla yazmıştı. Belki tahmin ettiği gibi, fotoğrafları çekmeden önce konuştuklarının üstüne yazmıştı. Yani kendisinde saklı ve yeri değişmez olana dair bir ipucu olsa gerekti bu soru. Simru bunu böylece kabul etmeyi tercih etti.

Ceyhun'u arayıp "Bunu neden yazdınız?" demezdi. "Bu sorunun yanıtı nedir?" diye sormazdı. Nasıl ki fotoğrafları alınca içinden bir ses aradığını bulacağını söylediyse, aynı ses bunun, sorunun yanıtında gizli olduğunu söylüyordu. Belki bu soru da ömür boyu yanıtsız kalacak, ama kendisi için anlamı öyle sanıyordu ki, değişmeyecekti.

Toplanıp kalktı. Mihrimah Sultan'ın salonundan geçerken birleştirilen masalarda bir takı sergisi olduğunu gördü. Gelirken de görmüş ama gözleri seçmemişti bile. Aklı fotoğraflarda olduğu için ilgilenmemişti. Sergideki takılara baktı, tümü yeniydi ama eski takılar gibi görünüyorlardı. Metaller eskitilmişti. Bir gümüş kolyeyi çok beğendi ve almak istedi. Kolye parmak kadardı, kapaklıydı, içinde minik bir şey saklamak içindi. O an, kâğıdı katlayıp bu kolyenin içine koymaya, hep boynunda taşımaya karar verdi. Onu satın aldı. Soruyu katladı, içine koydu ve boynuna taktı.

***

Fotoğrafları önce evde annesine, akşam da babasına gösterdi. Kolyesini de gösterdi, ama içinde saklı bir soru olduğundan onlara bahsetmedi. Annesiyle babası Simru'yu her haliyle sever, ikisi de onu çok güzel bulurlardı, her anne baba gibi. Onlar bile ilk bakışta hayret etmişlerdi. İkisi de aynı cümleyi kurdu üstelik: "Bu sen misin?"

Bunu duymak Simru'nun hoşuna gitmişti, anne ve babasının ilk tepkiyi aynı cümleyle vermesini olağan karşılamıştı. Ne de olsa onlar yıllardır karıkoca olarak birlikte yaşıyor, gitgide birbirlerine benziyorlardı. Aynı anda aynı şeyleri içlerinden geçirdikleri, birlikte dillendirdikleri çok olurdu. Fakat Simru'nun arkadaşları da aynı cümleyi kurmuşlardı. Bu fotoğraflar büyülüydü sanki.

***

Simru iletişim okumuştu. Reklam sektöründe çalışmak, iyi bir kariyer yapmak, kaliteli bir hayat sürmek istiyordu. Bunu zengin koca bularak kısa yoldan değil, kendi emeğiyle elde etmek istiyordu. Başka türlü mutluluk getirmeyeceğini tahmin edebiliyordu. Ailesi fakirdi ve babası onu okutabilmek için çok çekmişti, Simru bunu biliyordu. Üniversiteyi yarı burslu olarak okumuştu. Babası okul parasını denkleştirmek için, Simru da bursunu kaybetmemek için çok çalışmıştı. Hatta kandırılmışlardı bu konuda, eğer başarılı olursa tam burslu okuyacağı vaat edilmişti kayıt yaptırırlarken. Simru derslerinde başarılı olup, tam bursu hak edeceğine söz vermişti. Mezun olana kadar bunu hep kıl payı kaçırmış, en sonunda tezgâha geldiğini anlamıştı.

Simru, babasının emeklerini karşılıksız bırakmamak için hemen iyi bir iş bulmak ve onu gururlandırmak istiyordu. Belki annesi daha çok gururlanırdı, çünkü o üniversiteye gitmeyi çok istemiş ama dedesi izin vermemişti Annesi buna yıllar boyu içerlemişti. Profesör olsam bile yine babanla evlenirdim ama üniversite mezunu olsam, baban geçim derdiyle bu kadar yıpranmazdı derdi hep. Yıllarca evinde gündüzleri bebek bakarak aile geçimine katkıda bulunmuştu. Bir yandan sevinirdi buna, çünkü Simru tek çocuktu. Onun bebekliğini, küçüklüğünü özlüyorlardı. Annesi bu sayede başka bir çocuk yapmadan, bir sürü bebeğe bakmış, hayatı sevgiyle geçmişti. Öte yandan evine çok bağlı bir hayat sürmüştü. Sokağa çıkmak, alışveriş yapmak, yazları balkonda oturmak bile ona keyif verirdi. Yılda iki üç kere sinemaya giderlerdi, dünyalar annesinin olurdu. Her gün televizyonda gördüğü ünlü oyuncuları gerçekten görmüş gibi heyecanlanırdı.

Simru'ya hep "İyi bir işin olsun kızım. Kendi paranı kazan, kendi ayaklarının üstünde dur, hayatı doya doya yaşa, ondan sonra evlen. Hemen çocuk yapma sakın, çocuk eve bağlar, önce gez toz muhakkak" derdi. Babası da "Kızım sen mutlu ol da nasıl olursan ol. Başkalarının seni nasıl gördüğü hiç önemli değil, biz seni mutlu görelim, bize yeter" derdi.

Simru, annesinin söylediklerini çok iyi anlıyor, zaten o yöne doğru gidiyordu. Babasının söylediklerini henüz anlamamıştı. Ona sadece iyi kalpli bir babanın gönül okşayıcı, güzel sözleri gibi geliyordu. Simru başkalarının onu nasıl gördüğünü önemsiyor, bunu olağan buluyordu. Herkes az çok önemserdi onu, özellikle gençler ve kadınlar. Oysa annesi hiç önemsemiyordu ama Simru bunu hesaba katmıyordu. Çünkü o evli bir kadındı, ev kadınıydı, bu kadar basit görüyordu. Hayata dair arzularında, kariyer planlarında, başkalarının gözleri de vardı. Farkında olmasa da en başta annesinin. Simru anne ve babasını asla bir başkası olarak görmezdi. Aklına bile getirmezdi. Babasının dileğine değil, annesinin özlemlerine yönelmişti.

***

Simru mezun olur olmaz iş başvurularında bulunmuştu. Birkaç kapı çalmış, internet vasıtasıyla profilini göndermişti çalışmak istediği şirketlere. Tabii her öğrenci gibi marka haline gelmiş şirketleri biliyordu yalnızca, öncelikle onlara başvurmuştu. Başka şirketler araştırıyordu şimdi. Yeni fotoğraflarını çerçeveletti, odasındaki masasına koydu, duvara astı. Tabii sosyal medya hesaplarındaki profiline de koydu. Sonra diploması da duvardaki yerini aldı.

Fotoğraflar uğurlu gelmişti, internetten yaptığı başvurulara hemen yanıt aldı. Hatta gittiği ilk şirkette doğrudan genel müdür asistanıyla görüştü. Kırk yaşlarında, çok havalı, alımlı bir kadındı. Kendinden çok emin görünüyordu. Kadın ona birkaç soru yönelttikten sonra "Biz müşteri temsilcisi pozisyonumuz için prezantabl birini arıyoruz" dedi. "Diploman ve çıkış notun bizim için çok önemli değil, eminim sen başarılı bir öğrenciydin ama iş hayatı okuldan çok farklı. Orada kimse seni güzel olduğun için kayırmaz. Senin profilini beğendiğimiz için çağırdık. Yani biz güzel birini arıyoruz. Çok genç olduğun için seninle böyle açık konuşuyorum. Ben karşımda daha güzel bir kız bekliyordum. Kılık kıyafetin hâlâ öğrenci gibi, bir işkadını gibi değil."

Simru "Nasıl olmalı?" diye sordu.

Kadın "Beni görmüyor musun?" diye paylarcasına yanıt verdi. Soğuk bir hava esti. "Aslında güzel bir kızsın sen. İmajını etkileyici bir işkadınına dönüştürebileceksen sana bir şans veririz."

"Pek anlayamadım. Beni işe mi alıyorsunuz? Bir aylık deneme süresi falan, öyle bir şey anlıyorum."

"Yanlış anlıyorsun ama yaklaştın. İş hayatına uygun bir görünümle tekrar karşıma çıkarsan, hemen yarın!" deyip es verdi. "Ve hep öyle sürdürmen gerektiğini bilirsen sana bir şans verebiliriz. Şimdi anladın mı?"

Simru "Anladım ama bilemiyorum, ne var halimde? Mankenlik başvurusu yapmadım ki ben, müşteri temsilcisi olmak için geldim" dedi.

"İşin adı bile anlaman için yeterli. Müşteri temsilcisi. Şirketimizi bir öğrenci temsil edemez. Genç ve güzel bir işkadını temsil edebilir. Bizim müşterilerimiz senin bilgini ve görgünü dikkate alacak akademisyenler değil. Esnaf bunlar, üstelik taşra esnafından farksız insanlar. Bir kere seninle görüşmek istemeliler, sen onları karşında tutmak için didineceğine, onlar seni karşılarında tutmaya baştan razı olmalılar. Bir sıfır önde olmalısın, bu kadar basit."

Simru sıkılarak "Galiba bu iş bana göre değil" dedi.

"Daha iyisini bulacağına inanıyorsan, git ara. Seninle böyle açık açık konuşmamın tek nedeni, tekrar söylüyorum çok genç olman. Bana da saçma gelmişti, ben de senin gibi bu gerçeği kabul etmek istemedim. Bu yüzden boşu boşuna kendimi yordum. Tecrübemi paylaşıyorum. Nereye gidersen git, bununla karşılaşacaksın."

"İyi de bu iş bana pazarlama gibi geldi. Esnafla görüşeceğim, onlar da beni güzel buldukları için ürün mü satın alacak?"

"Tabii ki hayır. Pazarlama departmanı ayrı. Sen bizi temsilen gideceksin, satışları pazarlamadaki erkekler yapacak. Maalesef bizim alanımızda kadınlar o konuda başarılı olamıyor. Erkekler güzel kadınlarla görüşmek istiyor ama onlara güvenmiyor. Satışları erkek personel yapıyor."

"Çok saçma değil mi bu?"

"Hayat böyle. Biz dünyayı değiştirmiyoruz, şirket yönetiyoruz. Bu dünya maalesef erkeklerin dünyası. Biz de tutunmaya çalışıyoruz."

"Peki, pazarlamadaki erkekler yakışıklı mı?"

O sert kadın bu naif soruya karşılık beklenmedik bir kahkaha attı. Alaycı bir tebessümle, "Gerek yok ki. Artık çirkin erkeklere karizmatik diyorlar. Onlar tamamen yırttı paçayı. Biz sürünüyoruz" dedi. "Zirvedeki kadınlar seni yanıltmasın, zirveye sadece kanatlılar değil, sürüngenler de çıkar. Zirveye çıksan bile sürünmeye devam edeceksin" dedi.

Konu erkeklere gelince kadın birden değişmişti, samimi konuşmuştu. Simru bunu çok gülünç buldu. Ona sırıtırken, "Zavallı kadın, kafayı yemiş" dedi içinden.

***

Simru tabii ki süslenip püslenip tekrar gitmedi. Sonraki iş görüşmeleri bu kadar samimi geçmedi, muhatapları alt seviyedeki personeldi, baştan savar gibi konuştular, plaza ağzıyla konuşanları hiç anlayamadı. Bir, iki, üç derken, kapıdan içeri girer girmez, peşin karar vermiş gibi davrandıklarını anladı.

Nasıl ki bazı olaylar insanın gözünün önünden bir film şeridi gibi geçiyorsa, kafayı yemiş dediği kadının söyledikleri de bir daktilo şeridi gibi gözünün önünden geçiyor, o kahkaha kulağında çınlıyordu. Bir tek o değildi kafayı yiyen.

# 3

Simru okul arkadaşlarıyla görüşüyor, sosyal medyadan haberleşiyordu sürekli. Sonunda mezun oldukları için artık bir numaralı konu dersler ve sınavlar değil, iyi bir iş bulmaktı. Tabii zengin olanlar önce iyi bir tatil yapıyorlardı.

Simru'nun mezuniyet balosundaki kavalyesi Hakan'dı. İkisi iyi arkadaştı fakat pek sık görüşmezlerdi çünkü Hakan biraz asosyaldi. Onu klavyesinden koparmak hiç kolay değildi. Hakan'ın ailesi zengindi, hiç sıkıntı çekmeden paralı okumasına rağmen, okulda alay etmek için kütüphane çocuğu dedikleri burslular gibiydi. Annesi ve babası kültürlü insanlardı. Okumayı sevdiği için kitap ve yayıncılıkla ilgili projeleri vardı ama Simru hiç de inanmıyordu onun bir işe girişeceğine.

Simru bazı geceler dizüstü bilgisayarını kucağına alıp yatağında film seyrederdi. Vakit gece yarısını geçmiş, filmin sonuna gelmişti. O saatte Hakan'dan bir mesaj geldi. Simru buna şaşırmadı, çünkü Hakan'da saat kavramı pek yoktu. Sabahlara kadar klavyesinin başından kalkamayıp, kantinde uyuyakalarak bile sınav kaçırdığı olmuştu. Hakan onu başka bir baloya davet ediyordu. Simru mezuniyet balosuna onunla katılacağı için bazı arkadaşları kafa bulmuşlardı. *O seni eker. Baloya tabletle gelir, masadan kalkmaz. Dans ederken tweet atar. Fenomen çift olursunuz, tabii Hakan gelirse* gibi sözlerle alaycı yaklaşımlar sergilemişlerdi. Kısacası Hakan'ı herkes seviyor ama bazı konularda ona pek güvenmiyorlardı.

Simru sadece bir kez baloya katılmıştı, o da mezuniyet balosuydu. Bunun dışında, tarihe gömülen Cumhuriyet balolarını duymuştu sadece.

*"Ne balosu ya?"*

*"Annemle babamın mezunlar balosu."*

*"Bizim ne işimiz var o baloda?"*

*"Bekle, yazıyorum işte. Sabırlı ol."*

*"Tamam, yaz sen. Ben de film seyrediyorum. Finali yaklaştı. Bitince okurum."*

*"Oki doki."*

Bu yazışmadan sonra Simru filmi izledi. Kapatırken Hakan'ın mesajını gördü. Filme kaptırıp unutmuştu.

*"Annemle babam Saint-Joseph mezunu. Bunlar eski tüfek. Hâlâ balo yapıyorlar. İki davetiye geldi. Onlar Rodos'a gidecek. Biz gidelim mi? Babamın sınıf arkadaşları sektör dergileri çıkarıyor. Onlara projemi anlatacağım. Ortaklık teklif edeceğim. Babam dedi ki, sap gibi gitme. Güzel bir kızla git. Ne mal olduğunu anlamasınlar. Sosyal biri sansınlar. Bu kadar. Sen gelmek istemezsen, Demet'e teklif edeceğim. Ama o beni biraz bozar. Aramızda kalsın lütfen. Demet bilmesin. Her şeye kasıyor."*

Simru o uykulu haliyle gülmeye başladı. Hakan'ın babasını tanımak istemişti. Ne yazık ki onlar baloya katılmıyordu, yoksa sırf bunun için giderdi. Ya matrak biriydi ya da oğlu onu bezdirmişti.

Simru "*Senin için önemliyse gelirim*" yazdı.

Anında yanıt geldi.

*"Önemli tabii kızım. Yoksa ne işim var babamın balosunda?"*

"Ok."

*"Araba bende olacak. Seni evden alır eve bırakırım. Kıyağım olsun."*

*"İyi olur."*

*"Sen de mezuniyet balosundaki gibi bir şey giy de gel."*

*"O niye?"*

*"Beni sosyal gösterir. Arabaya karşılık."*

*"Olur."*

*"Babam özellikle tavsiye etti. Böyle toplantılar falan iş bağlamak için uygun zemin dedi. Bakarsın sana da kapı açar. Orada insanlarla muhabbet edelim."*

*"Ben yatıyorum Hakan. Sana iyi geceler."*

*"Sana da."*

***

Hakan'ın balo dediği aslında bir mezunlar gecesiydi. Saint -Joseph mezunları yılda bir iki kere toplanıyor, eski arkadaşlar buluşuyor, yenileriyle tanışıyor, sonra isteyenler birlikte bir yere gidiyorlardı. Balo falan yoktu, Hakan ve Simru kadar genç birileri de. Herkes anne babaları yaşındaydı. Hakan olayı abartmış, babasının smokiniyle gelmişti. Simru o mor elbisesiyle yine çok güzeldi. Tabii ikisi de çok dikkat çekiyordu. Herkes taze mezunlardan sanıyordu onları, yanlarına gelip özellikle tanışıyor, sohbet ediyorlardı.

Mezunlar gecesi için geldikleri mekân aslında fuar için kullanılan dev bir salondu. Toplantı için masalar, sandalyeler konmuş, gezici mutfak kurulmuştu. Bu mekân ülkenin en büyük reklam şirketi Kristal Küre'ye aitti. Logoları Simru'nun dikkatini çekmişti.

"Hakan, buradan çıkıp baloya gideceğiz, değil mi?"

Hakan onun dalga geçtiğini anlamadı. "Balo yokmuş Simru. Olay buymuş ya. Olsun, prim yapıyoruz" dedi.

"Nerede babanın arkadaşları? Sen tanıyor musun?"

"Tanıyorum tanıyorum. Geçen sene halı sahada maç yaptık. Beni unutamazlar."

"Niye?"

"Çünkü aynı takımdaydık. Fark yedik. Ben futbolu sadece PlayStation'da oynadım."

"Şimdi onlara ortaklık teklif edeceksin, öyle mi?"

"Evet. Ne var?"

"Kabul edeceklerini hiç sanmıyorum."

"Hadi canım sen de! Halı saha maçı yüzünden beni gömecek değiller herhalde."

***

Hakan'ın babamın lise arkadaşları dediği iki adam Kristal Küre'nin sahipleriydi. Simru bunu bilmiyordu, Hakan da söylemeyi aklından geçirmemişti. Sektör dergileri çıkarmak, bu şirketin yaptığı işlerin yanında devede kulak kalırdı.

Hakan onları gördü ve yanlarına gittiler. Kemal ve Şeyhmus onu hemen tanıdı. Gülmeye başladılar.

Hakan "Merhaba, beni hatırladınız mı?" diye sordu.

Kemal "Babanın smokininden tanıdık" dedi.

Hakan adamın espri yaptığını anlamadı ve kızardı. Kemal ona açıklama yaptı.

"Baban yarım saat önce beni aradı. Geleceğini söyledi. Smokinimi kirletmesin diye tembihledi."

Kemal ve Şeyhmus neşeli insanlardı. Kahkahayla gülmeye başladılar. Hakan'a sarılıp, onu aralarına aldılar.

"Kim bu güzel kız? Bizi tanıştırmayacak mısın?" dediler.

Hakan onları tanıştırdı. Kemal ve Şeyhmus ona karşı candan davrandı.

Şeyhmus "Simru sevgilin mi?" diye sordu.

"Hayır. Okul arkadaşım. Mezuniyet balosunda kavalyesiydim."

"Yani yaklaştım diyorsun."

"Hayır canım. Biz iyi arkadaşız. Yakın arkadaşız. Sık sık buluşuyoruz."

Kemal "Bize sosyal biri olduğunu mu söylemeye çalışıyorsun?" diye sordu.

Hakan zınk diye kaldı. Kemal onun sırtını sıvazladı.

"Babana bile güvenme Hakan. Seni sattı" dedi. "Sosyal görünmen için sana bir kızla gelmeni söylemiş."

"Ohooo... Babam Simru'yu da satmış. Sorarım ben ona. Arabayı bana bıraktı, duvara çakacağım onun arabasını."

Simru "Lütfen beni eve bıraktıktan sonra çak" dedi.

Kemal ve Şeyhmus gülmeye başladı. Besbelli bu adamlar Hakan'ı seviyorlardı. Samimi insanlardı.

Kemal "Simru, bu Hakan seni böyle yaşlı başlı insanların arasına sokmak için nasıl ikna etti?" diye sordu.

Simru "Onun için önemli olduğunu söyledi" dedi.

"Keleğe gelmiş gibi hissediyor musun?"

"Evet."

Kemal ve Şeyhmus kahkaha kopardı. Sonra Kemal, "Seni fazla tutmayalım öyleyse. Hakan gir konuya. Ne yapmak istiyorsun?" diye sordu.

Hakan elektronik yayıncılığın çok gelişeceğini, Türkiye'de yeterince gelişmeden, o alanda iş kurmak istediğini söyledi. Projesini anlatmaya başlar başlamaz, Kemal sözünü tık diye kesip "Seni Amerika'ya gönderelim, orada bir yıl kal, bu alanda çalış, projeni de orada geliştir. Madem geleceğe yatırım yapmak istiyorsun, sektörün geleceğini önce git orada gör" dedi.

Hakan "Tamam" diye karşılık verdi.

"Ne zaman gidersin?"

"Şimdi bile giderim."

Kemal "Önce Simru'yu evine bırak" dedi.

Yine gülmeye başladılar. Simru hayretle izliyordu. Kemal ve Şeyhmus'u tanımıyordu hâlâ ama onların şaka yapmadığını anlamıştı.

Kemal "Pazartesi bana gel, şirkette konuşalım" dedi.

"Biblo Ajans'a mı geleyim?"

"Kristal Küre'ye gel, biz oradayız."

Kemal böyle söyleyince Simru'da jeton düştü. Okulun en asosyal çocuğu onu Kristal Küre'nin sahipleriyle tanıştırmıştı. İçinden "Sen madem bunları tanıyordun, neden bana söylemedin?" demek geçti ama Hakan buydu işte, aklına bile gelmezdi.

Kemal, Simru'ya döndü. "Hakan'la mezuniyet

balosuna katıldığına göre, sen de bu yıl mezun oldun, öyle değil mi Simru?" dedi.

"Evet."

"Çalışmaya başladın mı?"

"Hayır. İş arıyorum."

"Peki ne yapmak istiyorsun?"

Simru titrediğini hissetti. Kristal Küre'nin kapısı aralanıyordu. "Ben... Şey... Reklam ve halkla ilişkiler" dedi.

Kemal elini Simru'nun omzuna koydu. "Güzel, pazartesi Hakan'la birlikte gel. Sen de Şeyhmus Ağabey'inle görüş" dedi.

Simru ve Şeyhmus göz göze geldi. Şeyhmus ona gülümseyip başını hafifçe eğdi. Simru birden çok heyecanlanmıştı, onun bir şey söylemesini bekledi. Ona bir iş verecekleri yönünde herhangi bir söz. Umutlanması için ufak da olsa bir jest. Şeyhmus'tan hiçbir şey gelmiyordu. Tam "Acaba sizin için de uygun mu?" diye soracaktı ki, Şeyhmus "Tamam mı?" diye sordu ve Simru uyandı. Şeyhmus ona soruyordu, gelip gelmeyeceğini.

Simru "Tamam" diye karşılık verdi.

Kemal "İyi, haydi siz eğlenmenize bakın çocuklar. Biz de öyle yapacağız. Pazartesi görüşürüz" dedi.

Kemal ve Şeyhmus arkadaşlarının yanına gitti. Simru arkalarından ağzı açık bakıyordu. Hakan "Biz ne yapalım? Gidelim mi, kalalım mı?" diye sordu.

Simru "Bunlar kim?" dedi.

"Babamın arkadaşları dedim ya. Biblo Ajans bunların. Sektör dergileri çıkarıyorlar. Dijital yayıncılık da yapıyorlar."

"Kristal Küre'ye gelin dedi."

"Kristal Küre'nin sahibi bunlar. Biblo Ajans, Kristal Küre'ye bağlı. Bilmiyor musun?"

"Nereden bileyim? Söylemedin ki."

"..."

"Sen şimdi Amerika'ya gerçekten gidecek misin?"

"Gideceğim tabii, duymadın mı? Senin yanında söyledi. Para onlarda kızım, mecbur gideceğim. İstersen beraber gidelim. Bak, ikiniz birlikte gelin dediler."

Simru yana yana iş ararken, Hakan istediğinden fazlasını zahmete girmeden almıştı. Bunun Simru için ne kadar önemli olduğunu anlayamıyordu bile. Küçük bir çocuktan hiç farkı yoktu. Simru açılan kapıya hâlâ inanamıyordu.

"Yani pazartesi ben de iş görüşmesine gideceğim, öyle mi?"

"İş görüşmesi bitti kızım. Pazartesi gidip başlayacağız."

"Nasıl ya? Hepsi bu mu?"

"Herhalde kızım. Ben boşuna mı smokin giydim? İki dakikada işi bitirdik işte."

***

Hakan söz verdiği gibi Simru'yu eve bıraktı. Genellikle sözünü unutur ya da yerdi. O akşam öyle yapmadı. Simru'nun içi içine sığmıyordu. Kristal Küre'de işe başlayacaktı. Ne olur ne olmaz diyerek hemen anne babasına söylemedi. "Hakan'ın sözüne güven olmaz, belki yanlış anlamışımdır" diyordu içinden. Onlara sadece pazartesi çok iyi bir şirkete iş görüşmesi için gideceğini söyledi. Gece dua ederek uyudu. Pazar günü boyunca aklında sadece bu vardı.

Pazartesi sabahtan Hakan'ı aramaya ve mesaj atmaya başladı. Çünkü tahmin ettiği gibi Hakan uyuyordu. Belli ki yine klavye başında sabahlamıştı. Sonunda Hakan telefona yanıt verdi.

"Bugün birlikte Kristal Küre'ye gideceğiz. Bu saatte yeni mi uyandın? Öğlen oldu."

"Bugün pazar değil mi?"

"Bugün pazartesi şapşal."

"Haa, evet. İyi ki aradın. Ben hemen toparlanırım. Gelip seni alayım mı?"

"İyi olur. Sakın sallanma ha!"

"Yok yok, hemen çıkarım ben."

Tabii Hakan hemen çıkmadı. Simru on beş dakikada bir aramasa, iki saatte çıkmazdı evden. Hakan gelip evden aldı onu, konuştukları gibi birlikte gittiler.

Simru şirketin kapısından girer girmez ağzı açık kaldı. Kristal Küre'nin mekânı uzay üssü gibiydi. Ömründe benzerini görmemişti. Simru dünyadan çıkmış ve kendini uzayda bulmuş gibi hissetti.

# 4

Simru ve Hakan'ı asansörle çatıya çıkardılar. Tavan boydan boya camdı, gökyüzüne bakıyordu. Kemal onları mezunlar gecesindeki kadar samimi karşıladı.

"Hoş geldiniz çocuklar. Ne içersiniz?" diye sordu.

Hakan'a kola, Simru'ya kahve söyledi. Hemen konuya girdi.

"Hakan bizim San Francisco'da bir ortaklığımız var. Dijital yayıncılık yapıyorlar ama asıl uzmanlık alanları dijital yayıncılara teknik altyapı kurmak ve desteklemek. Sen orada en az bir yıl kal, hem dijital yayıncılığı hem de teknik altyapısını öğren. Projeni geliştir, öyle gel. Bir yılda bize uygun bir proje geliştiremezsen, gider babanın yanında çalışırsın. Biz de sana mezuniyet hediyesi olarak bir yıl Amerika tatili hediye etmiş oluruz ve bir daha halı saha maçında bile aynı takımda yer almayız. Anlaştık mı?"

"Anlaştık. Ne zaman gidiyorum?"

"Haftaya gidebilirsin. Biblo Ajans'tan Servet Bey'le temas kuracaksın. Buraya dönene kadar patronun o. Biblo'nun elemanı olacaksın, maaşını onlar ödeyecek, masraflarını da onlar karşılayacak. Ben Servet'le konuştum zaten. Sen bugün Servet'i ara, yarın Biblo'ya git."

"Tamam."

"Simru, senin patronun da Şeyhmus. Ama Şeyhmus yurtdışına çıktı, zaten o yılın yarısını yurtdışında geçirir. Sana Zerrin Hanım yardımcı olacak. Tamam mı?"

"Tamam, teşekkür ederim."

"Ben şimdi çıkmak zorundayım. Ankara'da toplantım var. On dakika sonra gelseniz, beni bulamayacaktınız. Siz kolanızı, kahvenizi burada için. Zerrin Hanım biraz sonra gelir yanınıza. Hadi hayırlı olsun, aramıza hoş geldiniz, başarılar dilerim."

Simru ayağa kalktı. "Teşekkür ederiz. Güle güle" dedi.

Hakan "Ankara'da ne işiniz var?" diye sordu.

Kemal "Sana ne lan kerata?" dedi ve çıktı.

Simru güldü. Kemal'i sevmişti. Hakan'a "Seni dürtmesem, kaçıracaktık. Bak adam Ankara'ya gidiyor. Öteki yurtdışına gitmiş" dedi.

"Ne fark eder ki? Birine haber bırakırlardı. Bunlar ciddi işadamı. Söz verince, hiç atlamazlar. Benim babam da öyle."

"Hakan sana inanamıyorum, ne kadar rahatsın ya!"

"Hiç kasmayacaksın kızım. Kastırarak eline bir şey geçmez ki."

Simru onu okulun ilk yılından beri severdi. Kimseyi kırmaz, hiç kimseyle rekabet etmezdi. Tabii bunun nedeni temiz kalpli olmak değil, kimseyi umursamamaktı. Hayatı bile... Zengin çocuğu olduğu için, babasının parasıyla okuduğu için o kadar rahat zannederdi onu. Hakan gibi okulu, dersleri hiç umursamayan, sadece diploma almaya, hatta piyasa yapmaya gelmiş bir sürü öğrenci vardı. Bunlar hava atmayı seven, kasıntı tiplerdi ama Hakan onlar gibi değildi. Spor arabayla, özel şoförle gelip gitmiyordu okula. Bilgisayarı, telefonu hep üst model olurdu ama giyim kuşamına önem vermezdi. Şimdi sandığından daha zengin bir ailenin çocuğu olduğunu anlamıştı. Hayat ona kolaydı, bu iş olmasa bile, babasının yanında çalışırdı. Belki ömür boyu hiç çalışmadan, bütün hayatını klavyesinin başında geçirebilirdi.

Kemal çıktıktan sonra kola ve kahve geldi. Simru kahvesini bitirmeden Zerrin de geldi.

"Hoş geldin Simru" dedi. Kendisini tanıttı. Kristal Küre'nin genel koordinatörüydü. Bütün kampanyaları o yönetiyordu. Çok güzel bir kadındı ve otuzlu yaşlarda gösteriyordu. En fazla otuz beş... Simru bu kadar genç birinin orada yönetici olmasına önce çok şaşırdı. Fakat

Zerrin ona şirketi gezdirince, çalışanların hep genç insanlar olduğunu gördü. Şirketi gezerken Simru'nun gözü kamaşmıştı. Zerrin departmanları tek tek gezdirdi, çalışanlardan bazılarıyla tanıştırdı. "Simru aramıza katılacak" diyordu onlarla tanıştırırken. Simru'nun kalbi heyecandan çarpıyor, sakin görünmeye bakıyordu. Hakan montaj stüdyosunda kalmak istedi. Elektronik cihaz parkı gözünü kamaştırmıştı. Simru ve Zerrin baş başa devam ettiler. Sonra Zerrin'in odasına gittiler.

"Şeyhmus Bey senin geleceğini söyledi. Ne yapmak istiyorsa, oradan başlasın dedi. Açık pozisyon falan söz konusu değil. Sen ne yapmak istiyorsun Simru? Hedefin ne?"

Simru için Kristal Küre'de çalışmak bile hayalinin zirvesiydi. Ne diyeceğini bilemedi hemen. Gelirken aklında tek bir şey vardı: Acaba beni gerçekten işe alacaklar mı?

"Benim hedefim yükselmek" dedi.

Son derece basit ve yuvarlak bir laftı bu. Açık ve net bir hedefi yoktu. Zerrin bunu anladı ama hemen not kıran bir öğretmen gibi davranmadı.

"İşini iyi yapan herkes burada yükselir Simru. Çoğunlukla burada yükselir ve başka bir şirkete transfer olurlar. Biz burada bir okul gibiyiz. Bizimle çalışanlar, birkaç senelik tecrübeyle rakiplerimize fark atarlar çünkü biz büyük kampanyalara imza atıyoruz. Hiç kimsenin cesaret edemeyeceği işlere girişebiliyoruz. Senin önceliğin ne?"

"Sosyal yanı ağır basan, hareketli bir işi tercih ederim."

"Sen de benim gibi yapımda çalış. Prodüksiyon asistanı olarak başla. Kampanyaların organizasyonuna katıl. Biz personele aylık ücret artı görev aldığı her kampanya için ayrı ücret veriyoruz. Sabit ücretler düşüktür ama kampanyalardan iyi para kazanırsın. Yapım personeli daha çok kampanyaya katılır, daha çabuk tecrübe kazanır, iyi çevre yapar. Seni, yeni mezun olduğun için çok uygun bir kampanyaya verebilirim. On yedi üniversite kampusunda konser ve şenlik düzenleyeceğiz. Beş sponsor şirketimiz var. Hem gezersin, hem eğlenirsin, hem de iyi bir başlangıç yaparsın. Bir ayda on yedi organizasyon yapacak ve her biri için para alacaksın."

"Çok sevinirim."

"Güzel. Doğru muhasebeye git. Sigorta için gereken belgeleri öğren ve hemen temin et. Bu hafta tekrar görüşelim."

"Olur."

"Sormak istediğin bir şey var mı?"

Simru o kadar sevinmişti ki, koşa koşa eve gidip müjdeyi vermek istiyordu. "Hayır. Şu an yok" dedi.

Zerrin not kıran bir öğretmen gibi baktı. "Olmadı şimdi Simru. Bu işten kaç para alacağını bile sormayacak mısın?" diye sordu.

Simru "Aslında çok merak ediyorum" dedi.

***

Kristal Küre'ye girdiğinde ağzı açık kalmıştı. Zerrin kaç para kazanacağını söyleyince dudağı uçukladı. Emekliliğine yaklaşan babasının maaşına yakın bir aylıkla başlayacaktı. Bir aylık kampanyadan kazanacaklarıyla bu para epeyi katlanacaktı. Kaç yıldır onu okutmak için sürekli fazla mesai yapan babasından fazla kazanacaktı. Artık adamın fazla mesai yapmasına gerek yoktu. Anne babasına müjdeyi vermek için evine koşarak değil, uçarak gitmek istiyordu şimdi. Zerrin'in odasından çıktığında, bir an önce Hakan'ı görmek, ona sarılmak, öpmek istiyordu.

Önce muhasebeye uğradı. Sigorta için gereken belgelerin listesini aldı, katlayıp çantasına koydu. Oradan çıkar çıkmaz Hakan'ı aradı.

"Hakan neredesin?"

"Yoldayım. Sen?"

"Beni ektin mi? Niye beklemedin?"

"Bekle demedin ki kızım. Ben de çıktım. Eve gidiyorum. Ne oldu ki?"

Simru o kadar sevinçliydi ki, Hakan ekip gittiği için hiç kızmamıştı. Zaten şaşıracak, kızacak bir şey yoktu, Hakan buydu.

Simru heyecanla "İşe girdim Hakan. Hemen başlıyorum" dedi.

Hakan'ın sevincine ortak olmasını bekliyordu. Ona teşekkür edecekti. Fakat Hakan birkaç saniye hiç ses çıkarmadı. Sonra da "Eee?" dedi. Onun umurunda değildi.

Simru "Hiç işte. Sana teşekkür etmek istedim. Sana sarılmak, öpmek istedim" dedi.

Hakan "Boş ver kızım ya. Altı üstü bir işe girdin. Romantik yapma bana" diye karşılık verdi.

Simru "Aptal! Benim için önemli" dedi.

"Ben Amerika'ya gitmeden ararım seni. Buluşuruz."

Yani buluşunca sarılır öpersin demek istiyor, sallıyordu. Tabii Hakan onu aramadı, buluşmadılar.

***

Simru müjdeyi verince annesi de babası da çok sevindi. Kızlarıyla gurur duydular. Annesi bunu kutlamak için çarşıya koştu, alışveriş yaptı, kocasının en sevdiği yemekleri yaptı. Adam kızlarını okutmak için yıllarca gecesini gündüzüne katmıştı. Gurur duymak en çok onun hakkıydı. Bu başarı Simru'dan çok, onun eseriydi.

Yemekte çok neşeliydiler. Simru onlara Hakan'ı o kadar güzel anlatıyordu ki, anne ve babası gülmekten yerlere yatıyorlardı. Hakan, okul hayatının mutlu sonla bitmesini sağlayan anti kahramanıydı. Simru, en asosyal arkadaşının çevresi sayesinde harika bir işe girmişti.

Öte yandan, asosyal bir zenginin çevresi bile Simru'nun hayalini aşıyordu. Simru bu tuhaf durumu çok düşündü, ne kadar kolay olmuştu. Hakan için ne kadar kolay olduysa Simru için de o kadar kolay olmuştu. Simru için hem büyük şans hem de iyi bir tevafuktu. Hakan içinse sıradan bir durumdu. Öyle sanıyordu ki, bütün zenginler için böyleydi. Hayat onlara kolaydı.

Kolaydı ama güzel miydi? Kolaydı ama değerli miydi? Simru ve Hakan o mezunlar gecesine birlikte gitmiş, Kemal ve Şeyhmus'la birlikte görüşmüşlerdi. İkisi de işe başlamıştı. Simru çok mutluydu. Annesi ve babası gururluydu. Hakan'ın umurunda değildi. Üstelik Hakan hiçbir çaba harcamadan, hatta talep bile etmeden soluğu San Francisco'da almış, patronu ona "En olmadı sana mezuniyet hediyesi olur" demişti. Çalıştığı kurum tarafından eğitime gönderilenler, belli bir sürenin altında çalışırlarsa tazminat ödeyeceklerine dair sözleşme imzalıyordu. Hakan'a en kötü ihtimalle hediyeydi.

Hayat Hakan'a kolaydı ama Simru için güzel ve değerliydi. Simru iş hayatında çok yükselmek, kariyer sahibi olmak istiyordu. Ama kolay bir hayat yaşamak için değildi, hayatının güzelliğini ve değerini artırmak içindi.

# 5

Simru işe başlar başlamaz kendini renkli ve hızlı bir dünyanın içinde buldu. Her şey çok hızlı gelişiyor, herkes işini hızla yapıyor, bir iş bitiyor, öteki başlıyordu. Simru on yedi üniversiteyi kapsayan şenlik organizasyonunda hem eğlendi hem de işinin o kadar kolay olmadığını anladı. Hiçbir ayrıntıyı gözden kaçırmamak gerekiyordu, ayrıca insanlarla ne iş yaparsa yapsın hep beklenmedik sorunlar çıktığını gördü. İş değil, insan yoruyordu ve insanla uğraşmak kolay değildi. Bir ay boyunca bir pop yıldızı olan Ahsen'in kaprislerini çekti. Ahsen genç ve güzel bir kadındı, yeni bir yıldızdı, gençler tarafından çok seviliyordu, bu yüzden kampanya için seçilmişti. Sponsor firmalar Ahsen'i özellikle istemişti.

Simru onun hayranlarından biriydi. Ahsen'le tanışacağı için sevinmişti. Üstelik ona verilen görev Ahsen'in kostüm ve aksesuvarlarını temin ve takip etmekti. Ayrıca bu genç yıldızın ulaşımı ve konaklamasından da sorumluydu. Nerede kalacak, nasıl gidip gelecek, ne giyecek, tümünü Simru takip edecekti. Bu yüzden sürekli onunla görüşecekti. Ahsen o kadar kaprisli olmasa, tümünü kolayca halledebilirdi. Fakat kıyafetlerini beğenmedi, ona tekrar tekrar aldırdı. Kaldığı oteli beğenmedi, oteldeki odasını beğenmedi, limuzin istedi, sesi için özel diyet istedi, Simru onun yüzünden gereksiz yere uğraştı durdu. Birkaç kere işi bırakıp gitmek istedi. Özellikle ilk günler çok zor geçti, gitgide alıştı, Ahsen ona daha az kapris yapar oldu. Son günlerde sohbet bile ettiler.

Ahsen hiç mutlu değildi. Bu hayatı sevememiş, hayal kırıklığına uğramıştı. Aslında pop şarkıcısı değildi. Klasik Türk müziği eğitimi almıştı, kendi besteleri vardı. Fakat pop müzik için sözleşme imzalamıştı. Beş yıl boyunca yalnızca bağlı olduğu müzik şirketinin onun için seçtiği şarkıları söyleyecekti. İmajını bozmamak için klasik Türk müziğini hiç okumayacaktı. Ayrıca kendisi gibi ünlü bir şarkıcıyla sevgili biliniyordu ve bu tamamen uydurmacaydı. Reklam olsun, magazin haberleri çıksın diye halka öyle gösteriyorlardı, bunu da müzik şirketi tezgâhlıyor, Ahsen'i buna devam etmeye zorluyordu.

Tamamen sahte bir hayat yaşıyordu. O şarkıları gönüllü söylemiyor, hatta hiçbirini beğenmiyordu. En çok da yalan bir aşkı gerçekmiş gibi sürdürüyor olmaktan ötürü sinirleri yıpranmıştı. O kadar kaprisli olmasının nedeni mutsuzluğuydu. Ayrıca el üstünde tutulan biri olduğu sanılırken, müzik şirketinin sahipleri ona köle gibi davranıyordu. Örneğin bu şenliklere mecburen katılıyordu. Sponsorlar müzik şirketiyle anlaşmıştı, Ahsen beş yıllık sözleşmesi gereği onların istediği konserlere çıkmak, televizyon programlarına katılmak zorundaydı. Ahsen, efendileri kendisine nasıl davranıyorsa, başkalarına öyle davranıyor, bir bakıma bunların acısını başkalarından çıkarıyordu.

Simru bunları öğrenince affetti onu. Yaldızlı bir hayatın hiç de uzaktan göründüğü gibi olmadığını anladı. Ahsen bütün konserlerde sponsor firmanın elbiselerini giymek zorunda olduğu için o kadar kapris yapmıştı. Elbiseleri beğenmeyip başkasını istemesi bir tür sitemdi. Hepsi Ahsen'e aitti ama o hiçbirini istemedi. Simru'ya geri verdi. "Senin olsun istersen" dedi. Böylece Simru bir aylık organizasyonun sonunda hem çok iyi para kazandı, hem de harika bir gardırobu oldu.

Kristal Küre'de çalışanların çoğu kadındı ve hepsi çok güzeldi, manken gibiydiler. Zerrin, Kristal Küre'de çoğunlukla kadınların çalıştırılmasının bilinçli bir şirket politikası olduğunu söyledi.

"Patronlar erkek oldukları için kadınları çalıştırmayı tercih ediyor" dedi.

Simru bunu duyunca "Yok artık. Daha neler!" dedi.

"Hayır hayır, sandığın gibi değil Simru. Kadınlar iş hayatında birbirleriyle daha çok rekabet ediyor, erkek patronlara karşı daha itaatkâr oluyorlar. Erkekler bunun tam tersi, iş hayatında birbirleriyle dayanışma içinde oluyor, patronlara karşı birleşiyorlar. Özellikle erkek patronlara karşı."

"Gerçekten öyle mi?"

"İnan ki bilmiyorum. Bizim patronların iş tecrübesi. Öyle söylüyorlar."

"Ben iş hayatında bu kadar kadın erkek ayrımı yapıldığını bilmiyordum."

"Ben Kristal Küre'de çalışmaktan çok memnunum, çünkü burada çoğumuz kadınız. Erkeklerin arasında kalmak istemezdim."

"Neden?"

"Onlara benzemeni, erkekleşmeni bekliyorlar. Bilmeden yapıyorlar bunu."

"Peki kadınlar için güzellik iş hayatında gerçekten önemli mi Zerrin Hanım? Bir iş görüşmesine gitmiştim. *Öğrenci gibisin, şık giyin, makyaj yap gel, seni bir de öyle görelim...* Aynen böyle söylendi bana."

"Bütün hayatta önemli bu Simru, sen bunu bilmiyor musun?"

"Ama iş hayatında bilgi, yetenek, tecrübe gibi özellikler daha önemli değil mi?"

"Bir ay Ahsen'le birlikte vakit geçirdikten sonra bunu hâlâ soruyor musun? Ahsen çok güzel bir kadın. Sesi de yorumu da çok güzel. Ama onun sesini, yeteneğini istemiyor, güzelliğini istiyorlar. Pop söyleyeceksin, bu şarkıları söyleyeceksin, bunları giyeceksin ve bu adama âşık görünecek, onunla sevgili bilineceksin diyorlar. Onun yerinde olmak ister misin?"

"Hayır."

"Ama çok ünlü."

"Hiç fark etmez."

"Peki Ahsen kadar güzel olmak ister miydin?"

Simru buna hayır diyemedi. Sustu kaldı.

"Bak, hayır diyemedin. Her kadın güzel olmak ister Simru, hatta güzel kadınlar daha güzel görünmek ister. Sence neden böyle?"

"Bilmiyorum Zerrin Hanım. Seçilmek için mi? Öne geçmek için mi?"

"Bak, senin bir yanıtın yok ama iki sorun var. Benim de öyle. Biz kendimiz için mi, yoksa başkaları için mi güzel olmak istiyoruz?"

***

Simru hayatında sadece, iyi okullarda okumak ve okulda başarılı olmak istemişti. Tabii böylece iyi bir iş hayatı sağlamak... Okul hayatı onun için hiç kolay olmamıştı, asla sınıf birincisi olamadı mesela. Derslerini geçmek, notlarını yükseltmek için çok çalışmak zorunda kaldı. Simru kimi öğrenciler gibi hemen anlamıyor, hafızası güçlü öğrenciler gibi bir okuyuşta ezberleyemiyordu. Bir koleje girememişti, lisede okurken iki sene dershaneye gitmişti ama üniversite sınavında son tercihlerinden birini kazanabilmişti.

Ama mezun olunca talihi birden dönmüştü. Babasının emeklerini boşa çıkarmamış, annesini hayal kırıklığına uğratmamıştı. Ne kadar sevinse azdı. Okul arkadaşları o kadar iyi bir iş bulamamıştı, hatta çoğu iş bulamamıştı henüz. Simru harika bir işe girmiş, bir ay içinde çok iyi para kazanmış, üstelik süper bonus yapmıştı. Ahsen için özel tasarlanan bir gardırobu vardı. Ahsen'e her konser için iki kıyafet hazırlanacaktı, yani toplam otuz dört ama Ahsen kapris yaptıkça bu sayı arttıkça artmıştı. Hepsi Simru'ya kalmıştı ve bedenleri de boyları da aynıydı. Bu kadar olurdu!

***

Simru işine hemen ayak uydurmuş, Zerrin'in gözüne girmişti. Boş kalmıyor, bir kampanya bitince yenisine başlıyordu. Artık daha fazla sorumluluk alıyor, katıldığı kampanya büyüdükçe kazancı da artıyordu. Hayallerini bir bir gerçekleştirebilirdi. İlk hayali kendi evinde oturmaktı. Salacak'ta deniz manzaralı bir çatı katı kiraladı. Dilediği gibi döşedi. Kendi yuvasını kurmuştu. Baba evindeki odasını olduğu gibi bıraktı. Birkaç özel eşyasını ve kitaplarını aldı sadece.

Evinde keyifli bir hafta geçirdikten sonra bir çay markasının kampanyası için bir uçtan bir uca Doğu Karadeniz'i kat etti. Üç haftalık yorucu bir iş temposunun ardından İstanbul'a döndü. Evini çok özlemişti, gözünde tütmüştü. Beş gün izni vardı, Karadeniz seyahatinde o kadar yorulmuştu ki, evden çıkmayacağım diyordu.

İstanbul'a dönünce annesini aradı. Kızlarını özlemişlerdi. "Seni bekliyoruz" dedi annesi. Simru'nun en sevdiği yemekleri yapacaktı.

Simru "Evimi çok özledim. Yarın akşam siz bana gelin" dedi.

Annesi olmaz, önce sen gel diyordu. Simru telefona babasını istedi, hemen ikna etti adamı. Hiç kıyamazdı kızına. Simru onu nasıl eriteceğini çocukluğundan beri biliyordu.

***

Simru gece yatağında kitap okudu. Gözleri kapanıyordu yorgunluktan. Çok tatlı bir yorgunluktu bu. Uykuya dalarken artık bir sevgilim olsa diye geçiriyordu içinden. Birkaç ayda hayatı değişmişti, her şey tamamdı ve en büyük eksik ortaya çıkmıştı. Âşık olmak istedi. Âşık olacağı erkeğin karşısına çıkmasını istedi. Başka bir şey istemezdi hayatta. Öyle düşündü.

***

O gece üç katlı apartmanda yangın çıktı. Alevler hızla yayıldı. Pencerelere çıkanlar, sokağa dökülenler "*Yanguuun! Yanguun!*" diye bağırıyordu. Simru seslere gözünü açınca, dumanı hissetti. Hemen kalktı, pencereyi açıp baktı. Dumanlardan bir şey göremedi ama oturduğu apartmanın yandığını anladı. Ev karanlıktı, ışık yanmıyordu. Korkudan bağırdı, kapıya gitti. Kapının kenarlarından alevlerin kızıllığı sızıyordu. Isıyı hissetti. Çelik kapıyı açmak için kolu tutunca eli yandı. Acıyla bağırdı, yine de kapıyı açtı. Merdivenlerden bir çırpıda inerek kaçabileceğini ummuştu, denemek için başka yolu yoktu. O korku ve telaş içinde hiçbir şey düşünecek halde değildi. Kapının kenarlarından sızan alevlerin pırıltısı, kolu tuttuğunda elinin yanması bile bir an tereddüt etmesine yol açmamıştı. Fakat kapıyı açar açmaz yüzüne öyle bir ısı vurdu ki, bir alev rüzgârıydı sanki. Simru yandı, kavruldu. Kendini mi geriye attı, yoksa yüzüne rüzgâr gibi çarpan ısı mı savurdu, anlayamadı. Son hatırladığı geriye devrildiği, gerisingeri uçtuğu gibi bir şeydi.

Simru gözünü hastanede açtığında hiçbir şey hatırlamıyor, nerede olduğunu bile bilmiyordu. Yaşadığı korkudan ve yüzüne çarpan akıl almaz sıcaklığın acısından ötürü belleği faciayı silmişti. Gözünü açtığı anda, derin bir uykudan uyandığını sandı ki, Simru bu konuda yanılmıyordu aslında. İki gündür uykudaydı. Dumandan boğulurken, eve giren bir itfaiye eri kurtarmıştı onu. Yatağından kalkar kalkmaz pencereden bakmasıydı onu kurtaran. Sokağa dökülen, pencereye çıkan insanlardan bazıları yoğun duman arasında onu bir an görmüş, fark etmişlerdi. Henüz kimseyi tanımıyordu, çatı katına taşınan bir kız olduğunu biliyorlardı. Kimse onu görmediği için işi için Karadeniz'e gidip geldiğini bilen de yoktu. İtfaiye araçları gelir gelmez, çatı katında bir kız var dediler. Merdiveni pencereye dayayan kahraman itfaiyeci içeri girdi, Simru'yu alevlerin içinden çekti aldı, aşağı indirdi.

Simru'nun annesi ve babası yanındaydı. Odada çiçekler vardı. Kristal Küre'den, işi dolayısıyla tanıştığı insanlar arasından acı haberi alan birkaç kişiden gelmişti çiçekler. Simru'nun bilinci tam açılmamıştı. Gözünü açtığında tavanı, sonra pencereyi görmüştü ve yabancı bir yerde olduğunu anlamıştı. Annesiyle babasını görünce aklı karıştı. Evinde değildi, baba evinde de değildi. Neredeydi?

"Anne..." dedi, gerisini getiremedi. Çünkü dudakları acıdı, ağzını oynatırken yüzü sızladı.

Annesiyle babası Simru'nun sesini duyunca sevindiler.

"Kızım? Yavrum?"

"Nasılsın? İyi misin?"

Onlar böyle söyleyince, Simru hissettiği acıyla birlikte, kendisine hatırlamadığı bir şeyler olduğunu anladı. Ağzı acıyarak, yüzü yanarak "Anne, ne oldu bana?" dedi.

"Evinde yangın çıktı kızım. İtfaiye seni kurtardı. Hatırlamıyor musun?"

Simru bitkindi, hayır demek yerine başını iki yana sallamak istedi ama boynu da çok acıdı. Ağzından annesiyle babasının içini yakan bir ses çıktı. İncecik bir çığlık. İşte Simru o an yandığını anladı. Neresi yanmıştı, ne kadar yanmıştı, bilmiyordu. Acı bütün bedeninde adım adım yükseliyordu. Simru, yüzünü yoklamak için elini yüzüne götürdü ama eli sargılıydı. Yüzü de sargılıydı.

"Çok mu fena?" diye sordu.

Annesi ve babası ona yanıt vermediler. Ne sorduğunu anlamışlardı ama yüzünü görmemişlerdi. Sadece doktorların söylediklerini biliyorlardı.

Babası "Kurtulduğuna şükrediyoruz kızım. Allah korumuş seni" dedi kızına şefkatle bakarken.

Annesi "Ya itfaiye yetişmeseydi, kurtarmasaydı seni?" dedi.

Bu sözler Simru'yu ürküttü. Simru hayattaydı ama ölüm tehlikesi atlattığını zaten hatırlamıyordu. Eli yüzü sargılıydı. Ne kadar yanmışlardı, onu bilmek istiyordu. Annesi ve babası böyle söyleyince, durumunun çok fena olduğunu düşündü.

Sayıklar gibi "Demek ki çok fena" dedi. Tekrar uyudu kaldı.

# 6

Simru hastanede bir süre daha kaldı. Okul arkadaşları ve iş arkadaşları ziyarete geldi. Annesi hastanede yatıp kalktı, babası işe gidip geldi. Doktorlar Simru'nun elindeki, kolundaki, yüzündeki sargıları açtı, pansuman yaptı, yeniden kapattı. Ayakları da yanıktı ama onlar açıktı. Çok fena görünüyorlardı. Simru yüzünü görmek istedi, izin vermediler. Fakat elleri, ayaklarından daha fenaydı. Eğer yüzü de öyleyse, aynaya bakamazdı. Sık sık aynaya bakmak istedi, annesi ısrarına dayanamadı, el aynası verdi ama yüzünü sargılar içinde gördü. Kaşları ve kirpikleri yoktu. Dudakları sanki yok olmuştu. Kahrolmuş, dünyaya küsmüştü. Sesi soluğu kesildi. Yüzünü görmek için ısrara devam etti. Doktorlar beklemesini söyledikçe, kanaati güçleniyordu. Çok fena olmalıydı.

Doktorlar onu taburcu etmeden önce moral vermek için uzun uzadıya konuştular. Sonra sargılarını açıp yüzünü gösterdiler. Simru aynaya bakar bakmaz yangın esnasında kapıyı açtığı anı bir daha yaşadı. O an nasıl yandıysa ve sonrasını hatırlamıyorduysa, şimdi de aynaya baktığında aynısını kalben yaşadı. Dayanılmaz bir acı hissetti yüreğinde, bakakaldı aynaya. Bakıyor ama görmüyordu. Gözleri buğulandı, gözbebekleri kaydı, bilincini durdurdu, bayılacak gibi oldu.

Simru aynaya her bakışında, o anı, kapıyı açtığı anı hissetti. Yüzüne her baktığında bir daha yandı kavruldu.

Annesiyle babası onun taburcu işlemlerini yapmak için çıktılar. Simru odasından çıkmak istemiyordu.

Bir hastabakıcı "Çiçekleri indirelim mi?" diye sordu.

Simru "Hepsini atın gitsin" dedi.

Hastabakıcı çiçekleri topladı götürdü. Simru'nun gözleri doldu. Günlerdir odasında duran çiçekler solmuş, kurumuştu. Simru da öyleydi.

Hastaneden çıkmak için annesiyle babasını beklerken, odaya genç bir adam girdi. Elinde küçük bir saksı vardı. Mor bir kurdeleyle bağlıydı. Belki saksıyı sokaktan almış, mor kurdeleyle kendisi hediye süsü vermişti.

"Simru Hanım sizsiniz, değil mi?"

Simru gönülsüz bir sesle "Galiba artık değilim" dedi.

Genç adam ne diyeceğini bilemedi. Mahcup olarak baktı Simru'ya.

"Hastaneyi aradım, bugün taburcu olacağınızı öğrendim. Size geçmiş olsun demeye geldim. Bu küçük hediyemizi arkadaşlarım adına getirdim. Çiçek kendi bahçemizden."

Simru yine gönülsüz bir sesle "Eksik olmayın, zahmet etmişsiniz" dedi. Siz kimsiniz diye sormadı bile tanımadığı bu genç adama.

Genç adam, Simru'ya yaklaştı, elindeki küçük saksıyı ona uzattı. Simru'nun elleri ve yüzü hâlâ sargılıydı.

"Bunu nereye bırakayım? Şöyle koyayım mı?" diye sorup, yatağın yanındaki beyaz komodini gösterdi. Genç adam "Çiçek kendi bahçemizden" demişti fakat saksıda toprak vardı, çiçek yoktu. Simru gözucuyla bakınca fark etti bunu. Çok tuhaf geldi.

"Evet, öyle koyun" dedi.

Genç adam saksıyı komodine koydu. "Güneşi sever. Büyüyene kadar onu rüzgârdan korursanız iyi olur. Büyüyünce daha büyük bir saksıya koyarsınız. Onu günde bir kerecik sulasanız yeter" dedi.

Simru'nun saksıyı eve götürmeye bile niyeti yoktu. Haliyle genç adamın söyledikleri bir kulağından girip ötekinden çıkıyordu. Genç adam bundan hiç mi hiç etkilenmiyordu, sanki farkında değildi Simru'nun kayıtsızlığının, gönülsüzlüğünün. Çiçekle ilgili sözlerini bitirdikten sonra cebinden bir mücevher kutusu çıkardı.

"Bu size ait. Asıl bunu vermeye geldim" dedi.

"Bana mı ait? Nedir o?"

"Bir kolye. Boynunuzda duruyordu. Sizi merdivenden indirirken koptu ama elimde kaldı neyse ki, yere falan düşmedi o telaşta."

"Hangi merdivenden?"

"İtfaiye merdiveni. Sizi ben kurtardım."

Simru sustu kaldı. Kim olduğunu sormamıştı bile. Genç adam, mücevher kutusunu onun avucuna koydu.

Simru "Keşke kurtarmasaydınız" dedi.

Genç adam "Allah esirgesin" dedikten sonra gitti.

Simru söylediğine çok pişman oldu ama peşinden gidip özür dileyecek hali yoktu. Hem morali çok bozuktu hem de her yanı hâlâ acı sızı içindeydi. Zaten genç adam dışarı çıkar çıkmaz annesiyle babası geldi.

"Gidiyoruz kızım."

"Şu saksıyı alır mısın baba? Eve götürelim."

"Gerisi nerede çiçeklerin?"

"Çöpe gönderdim."

"Bu nereden geldi kızım?"

"İtfaiyeciler göndermiş baba. Kendi bahçelerindenmiş."

"Sağ olsunlar, var olsunlar. Ne kadar düşünceli insanlarmış. Senin burada olduğunu da biliyorlar ayrıca."

Simru elindeki mücevher kutusunu gösterdi. "Şunu da çantaya koyar mısınız?"

"Ne bu kızım?"

"Benim kolyem varmış içinde. İtfaiyeci benim kolyemi getirmiş. Beni merdivenden indirirken kopmuş ama kaybetmemiş, getirmiş."

Babası "Seni kurtaran itfaiyeci mi geldi?" diye sordu.

"Evet baba."

"Kızım niye bıraktın adamı? Teşekkür etseydik, şöyle bir sarılsaydım ona."

"Düşünemedim baba."

"Neyse artık! Ben ziyarete gideceğim zaten."

***

Simru baba evine geri döndü. Odasındaki aynayı ve birbirinden güzel fotoğraflarını kaldırdı. Annesi çağırdığında gitseydi, ille de evde kalacağım demeseydi yanmayacaktı. O eve ne hayallerle taşınmış, nasıl özene bezene kurmuştu! Bütün parasını harcamıştı o ev için. Bütün mobilyaları Simru'nun zevkine göreydi. Baba evinden taşınmasaydı, bu kadar acele etmeseydi, bu faciayı da yaşamayacaktı. O kadar yorgun olmasa, o kadar derin uykuya dalmış olmasa, sesleri daha erken duysa...

Böyle diyordu sürekli. Bu facia hiç olmasaydı keşke. Ama olmuştu işte. Simru her gün yanıyordu. Aklı hep bunlarla meşguldü. Hiç kimseyi görmek, hiç kimseye görünmek istemiyordu. Kendisine bile görünmek istemiyordu. Aynaya bakmak istemiyor, dalgınlık sonucu kendisini görürse yangının yüzüne tokat gibi çarptığı anı bir daha yaşıyor, yüzü artık ona dehşet veriyordu. Eski fotoğraflarını da görmek istemiyordu hiç. Bütün sosyal medya hesaplarını kapattı. İtfaiyecinin getirdiği mücevher kutusunu açmadı uzun süre.

Günlerce evden çıkmadı. Fakat eczaneye, hastaneye gitmesi gerekiyordu. Çok sosyal biriydi Simru, kendini daha ne kadar hapsedebileceğini bilmiyordu. Sonuna dek böyle gidecekti. Ama olmadı tabii. Alışmak zorundaydı. Arkadaşları onu teselli ediyor, estetik ameliyat yaptırmasını söylüyordu. Simru hastaneye gidince, estetik ameliyatla düzelip düzelemeyeceğini sordu. Doktorlar, kısmen düzeleceğini söylediler. Tamamen düzelmesi, yani eski güzelliğine kavuşması onlara mümkün görünmüyordu. Ayrıca çok para gerektiriyordu, çünkü bir dizi ameliyat geçirecekti, belki tekrar tekrar.

Küçük de olsa bir umut ışığı vardı yani. Simru ameliyat olmaya karar verdi. Zaten bir sürü operasyon yapılacaktı, yani toplam masraf ne olursa olsun, hepsini en baştan vermek zorunda değildi. Bir yandan çalışır, bir yandan ameliyat yaptırırdı. Cesaretini toplayıp Kristal Küre'ye gitti. Bunları Zerrin'e anlatacaktı. Ne var ki, dünyası asıl orada yıkıldı. Zerrin ona işine devam edemeyeceğini söyledi. Yani kovulmuştu.

"İstersen sana bünyemizde başka bir iş düşünelim. İnsanlarla yüz yüze iletişimin zorunlu olmadığı, telefonla yürütebileceğin ya da grafik tasarım yapabileceksen ekran başında bir iş de olabilir."

Zerrin lafını bitirmek üzereydi, sesi gitgide kısılıyordu ki, Simru onun sözünü sert bir şekilde keserek devam etmesine izin vermedi: "Yani siz bana insan içine çıkamazsın diyorsunuz. Öyle mi?"

Zerrin açıkça yanıt vermedi ama başını sallayarak onu doğruladı. Simru işte buna o kadar kızdı ki, o kadar içerledi ki, bir kelime bile duymak istemedi o kadından.

"Sizden hiçbir şey istemiyorum. Alın Kristal Küre'nizi, başınıza çalın!" dedi.

Kimseyle konuşmadan çıktı. Caddenin karşısındaki kafeteryaya gitti. O saatte hiç kalabalık olmazdı. Yine ıssızdı içerisi. Bir kahve söyledi. Tuvaletin şifresini tuşladı ve içeri girdi. Kabinde belki bir saat ağladı.

Bir kadın kabini tıklattı. "İyi misiniz?" diye seslendi.

Simru ağlamaya devam etti, yanıt vermedi, sadece sesini kısmak istedi ama engel olamıyordu gözyaşlarına.

Kadın, kabini yine tıklattı. "İyi misiniz?" dedi tekrar. "Ben yarım saat önce geldim, sesinizi işittim ama sesimi çıkarmadım. Hâlâ ağlıyorsunuz. Dertleşmek isterseniz, ben buradayım. Pencere kenarında yalnız oturuyorum."

Kadının nezaketinden ötürü Simru kabinin kapısını araladı. "Hayır, sağ olun" dedi. Ve buna pişman oldu.

Çünkü kadın onun yüzünü görünce dehşetle baktı. "Özür dilerim" dedi. O kadar.

Belki Simru'nun yüzüne bakmak, konuşmak istemedi. Belki o kadın sadece densizce meraklının tekiydi ve Simru'nun yüzü zaten her şeyi anlatıyordu, o da bunu görür görmez istediğini almıştı. Belki kadın, Simru'nun kederinin çaresizliğini görmüştü ve kendi haline bırakmak istemişti. Her ne olursa olsun, Simru'nun yüzünü görür görmez "Özür dilerim" demiş ve konuyu kestirip atmıştı. Simru'nun yanık yüzü son noktaydı, sözün bittiği yerdi bir kadın için.

Simru kırgın sesiyle "Önemi yok" dedi ve çıktı gitti.

Ama Simru'nun söylediği gibi bunun önemi yok değildi. Tam tersine, çok önemliydi. Kahvesi buz gibi olmuştu tabii. Bir yudum bile içmediği kahvenin parasını ödeyip çıktı o lüks kafeteryadan.

Nereye gittiğini bilmeden yürüyordu. Kaybolmuştu sanki. Belki gerçekten öyleydi. Yatağını kaybetmiş bir dere gibiydi. Bir yere aktığı yoktu, er geç kurumak üzere dağılıp gidiyordu. Birden Elmas Fotoğraf Stüdyosu'nun önünden geçtiğini fark etti, olduğu yerde kaldı. Kaybettiği güzelliği değil de Ceyhun'un fotoğraflarla birlikte zarfa koyduğu o not geldi aklına: "SU NEDEN YANMAZ?"

Yukarı çıkıp Ceyhun'u sormak istedi, eğer oradaysa bu sorunun yanıtını isteyecekti ama cesaret edemedi. Ceyhun orada olsa bile, ona bu halde görünmek istemiyordu. Ne var ki, onun bu hali gelip geçici bir şey değildi. Ceyhun'un sorusu aklına gelince, kolyesi de aklına geldi. Boynundan hiç çıkarmadığı kolyesi (belki aklından hiç çıkarmadığı soru demeli buna) yangında kopmuştu ama geri gelmişti. Su neden yanmaz?

Simru o gün Ceyhun'la sohbet ederken, kendisinde saklı ve yeri hiç değişmeyecek olanı bilmek istediğini söylemişti. Bu soru, kendisinde saklı ve yeri değişmeyecek olanla ilgiliydi. Simru şöyle sordu kendine: Bende yanmayan bir şey kaldı mı?

Yanık elleriyle kolyeyi çantasından çıkardı ve açtı. Kâğıt içinde duruyordu, yangın izi, alev kızıllığı vardı kâğıtta. Katlı kâğıdı açtı, yazı hâlâ okunaklıydı. Soruyu yerine geri koydu. Kolye için yeni bir zincir aldı, tekrar boynuna taktı.

Kâğıt yanıktı ama üstündeki soru okunuyordu. Simru az önce kendi kendine sorduğu soruya bir yanıt verebildi.

*Bende yanmayan bir şey kaldı mı?*

*Evet, bu soru yanmadı.*

# 7

Simru kabalık ettiği itfaiye erinin gönlünü almak ve diğerlerine teşekkür etmek için Üsküdar'a gitmeye karar verdi, boynuna kolyeyi tekrar takınca. Beşiktaş'a inmek için bir taksiye bindi. Radyoda, Yeni Türkü'nün bir şarkısı çalıyordu:

"*Kalırsa bir soru kalır benden...*"

Simru vapurla karşıya geçti. Sonra Üsküdar İtfaiyesi'ne gitti. Kolyesi boynundaydı. Onlara kendisini tanıttı, onu hemen hatırladılar. Hepsine teşekkür etti. Onu kurtaran ve kolyesini getiren genç adam yoktu, izinliydi. Bir akrabasının cenazesi için memleketine gitmişti. Simru ona selam söyledi, özellikle teşekkür ettiğini belirtti. Genç adamın ismini de öğrendi: Ali.

"Çiçek bitti mi?" diye sordular.

Simru "Hayır, henüz bitmedi, bekliyoruz" dedi kızararak. Çünkü hiç ilgilenmemişti o çiçekle. Annesi suluyordu. Eve gider gitmez odasına almaya, onu penceresinin kenarına koymaya karar verdi ve öyle yaptı.

***

Elmas Fotoğraf Stüdyosu'nu aradı, Ceyhun'u sordu, onun dünya turunda olduğunu öğrendi. Bir fotoğraf projesi için bütün dünyayı gezecekti. Simru hayal kırıklığına uğradı, çünkü ona başına geleni anlatmak ve sorunun yanıtını sormak istiyordu. Belki Ceyhun dünya turunu bitirip gelene kadar önemini kaybedecekti. Belki uzun bir süre daha bunu düşünmesi gerekiyordu, hatta belki de cevabı kendisinin bulması.

Simru aslında her şeye rağmen hayata dönmek istiyor, dertleşecek birini arıyordu. Kafeteryada ona seslenen kadın yüzünü gördüğünde dehşete kapılmasa, onunla birazcık konuşacaktı. İtfaiyecilere teşekkür etmek için gitmesinin nedeni de buydu.

Herkesin az çok kabul görmeye ihtiyacı vardı. Simru kendini bu yanık haliyle kabul edemiyordu ama başka bir çaresi de yoktu. Böyle yaşanmazdı. O kendini kucaklamazsa, sarıp sarmalamazsa, annesi babası bile kucaklamak istedikçe reddedecekti. Zaten evde böyle davranıyordu.

Simru itfaiyeyi aradı ve Ali'yle konuşmak istedi. Ona teşekkür etti, başsağlığı diledi ve hastanede kaba davrandığı için özür diledi. Ali nezaket ve olgunlukla karşıladı, çiçeği sordu.

Simru "Penceremin kenarında. Her gün suluyorum. Bitmesini bekliyoruz" dedi.

Ali "Bitmek ne kadar özel bir kelime, öyle değil mi? İki zıt anlam taşıyor. Hem son bulmak hem de başlamak için kullanılıyor. Çiçek de biter, ömür de biter. Biri doğumdur, diğeri ölümdür" dedi.

Simru "Evet size katılıyorum, bitmek çok özel bir kelime. Geçmiş ve geleceği birlikte tutmuyor. Başlangıç durumunda gelecek var ama geçmiş yok, diğer durumda geçmiş var ama gelecek yok" diye karşılık verdi.

Ali "İzninizle bir konuda yanıldığınızı söylemek isterim. Gelecek hiç yoktur aslında, geçecek vardır. Çünkü her şey gelir ve geçer" dedi.

"Güzellik gibi mi?"

"Güzellik gelip de geçmez, çünkü o gelen bir şey değildir. Güzellik geçer ama başka birine geçer."

"Anlamadım?"

"Çiçek bittiğinde açar. Açtığında güzeldir. Ama bu güzellik kime geçiyorsa, yalnızca onunla güzeldir. Başkası olmadan güzellik de olmaz."

"Belki de haklısınız. Bilemiyorum."

"İsterseniz düşünün bunları. Ne de olsa hayat uzun, bunları düşünecek çok vaktiniz var."

Simru onunla konuşmak istedi, onunla dertleşebileceğini düşündü. Fakat buluşmayı teklif etmeye cesaret edememişti. Kendisini kurtardığı için, çiçek için ve bu güzel telefon sohbeti için teşekkür etti. Konuşmayı bitirirken Ali "Biz hep buradayız. İstediğiniz zaman gelebilirsiniz. Bir dert ortağına ihtiyacınız varsa beni ne zaman isterseniz arayabilirsiniz. Hoşça kalın" dedi.

Simru içinden evet evet kesinlikle buluşalım diyordu, ama sesli olarak sadece "Siz de hoşça kalın" diyebildi.

***

Simru birkaç gün sonra Ali'yi aradı. Cesaretini topladı ve niyetini açık açık söyledi. "Benim dertleşmeye ihtiyacım var."

Sözleşip buluştular. Kolye Simru'nun boynundaydı. Ali'nin dikkatini çekmişti. Ona çiçeği sordu. Simru hâlâ beklediğini söyledi. Biraz havadan sudan konuştuktan sonra Ali dertleşmek için buluştuklarını hatırlattı. "Ben sizi dinlemeye hazırım. Eğer gönlünüzü bir nebze ferahlatabiliyorsam ne mutlu bana" dedi.

Simru hayatında her şey çok güzel giderken, yangının o her şeyi alıp götürdüğünü söyledi. Okuldan mezun olmuştu, iş hayatına çok iyi bir şirkette başlamıştı, kazancı çok iyiydi, hayalindeki evi tutmuş ve gönlüne göre kurmuştu. Birden hepsi yanıp kül olmuş, geriye sadece büyük bir hüsran ve derin bir acı kalmıştı.

"Hepsi bir yana, aynalara küstüm ben" dedi.

Ali "Bana da küs müsünüz?' diye sordu.

Simru "Tabii ki hayır. Neden böyle bir soru sordunuz ki şimdi?" dedi.

"Ama ben de bir aynayım. Herkes bir aynadır."

"Öyleyse ben kendime küstüm."

"Talihinize de küstünüz bence. Tekrar barışmanızı tavsiye ederim. Hem kendinizle hem de talihinizle."

"Keşke elimde olsa. Benim yerimde olsanız, siz ne yapardınız?"

"Her şeye yeniden başlardım."

"Zaten buna mecburum ama nereden başlayacağımı bilemiyorum."

"Kendinizden başlayın. Kendinizi büyük bir hüsrana uğrayan, derin bir acı yaşayan genç bir kadın olarak görmek yerine, Zümrüdüanka olarak görün. Aynaya bakarken eski yüzünüzü aramak yerine, tıpkı saksıdaki bitmemiş çiçek gibi, küllerinden doğacak bir Anka kuşu görün."

"Kusura bakmayın, iyi niyetinizden hiç kuşkum yok ama tavsiyeniz bana çocukça geldi. Ben kendimi böyle bir hayale kaptıramam. Bana akıl kârı gelmiyor."

"Büyük bir hüsrana uğradığınızı söylediniz. Yerine başka bir hayal koymalısınız."

"Ben bu gerçeğe dayanacak sabrı dilemeyi tercih ederim."

"Hiçbir şey aynı kalmaz. Gerçekler de değişecektir. Bütün hayallerinizin birer birer gerçekleştiğini söylediniz. Yine gerçekleşebilir."

"Eskisinden daha güzel olmayı dilesem, sizce gerçekleşebilir mi?"

"Neden olmasın? Estetik cerrahi çok gelişti. Belki bu mümkündür. Fakat daha ötesi, sizi hiç olmadığınız kadar güzel hissettirecek biri karşınıza çıkabilir."

"Böyle şeyler sadece masallarda olur."

"Mademki iyi niyetimden kuşkunuz yok, dost acı söyler sözüne sığınarak, sizin de bir masala inanmış olduğunuzu söylemek isterim. Siz Külkedisi masalına inanmışsınız. Diplomanızı alır almaz kendinizi harikalar diyarında bulduğunuzu sanmışsınız. Yazık ki, sizin deyiminizle hepsi kül olmuş. Bu kez Külkedisi değil, küllerinden doğan Zümrüdüanka olduğunuza inanın. Görüyorsunuz, masallar gerçekleşiyor ama sonsuza kadar sürmüyor. Siz bu kez güzel bir son değil, güzel bir başlangıç dileyin."

"Neye yarar ki bu?"

"Her son başlangıcını da içinde taşır. Belki bu kez güzel biter."

Simru sohbeti tadında bırakıp gitmek istiyordu ama birden ona Ceyhun'u anlatmak istedi. "Sohbetinizden keyif aldım. Hayatımda ikinci kez böyle ilginç bir sohbet yaşadım. Size Ceyhun Bey'i anlatmak istiyorum. Kendisi bir fotoğraf sanatçısı. Bilge biri. Diploma için benim fotoğraflarımı çekmişti."

"Çok merak ettim. Seve seve dinlerim."

"Ceyhun Bey, bana her yüzün her an değiştiğini söylemişti. Yüze bakan gözler de aynı şekilde her an değişiyor. Bir fotoğraf karesi görenle görüneni birleştiriyor."

Simru böyle başladı anlatmaya. Neler konuştuklarını, fotoğrafları gördüğünde ne hissettiğini anlattı. Kendisinde saklı ve yeri değişmez olanı göreceğine inanıyordu ama adını koyamamıştı. O fotoğrafları görmek için nasıl heyecanlandıysa, yangından sonra yüzündeki sargılar açılırken o dozda dehşet hissetmişti.

"Hayatımın iki unutulmaz anı" dedi. "Biri fotoğrafıma bakarken, diğeri de aynaya bakarken. Şimdi geriye yalnızca o fotoğraflar ve bu kolyede saklı bir soru kaldı. Artık o fotoğraflara bakmak istemiyorum. Fakat bu soru aklımdan çıkmıyor."

Simru kolyeyi açtı, içindeki kâğıdı çıkardı. Onu Ali'ye verdi. Yanık kâğıdı açmasını ve soruyu okumasını istedi.

Ali soruyu yüksek sesle okudu: "Su neden yanmaz?"

Simru erimiş dudaklarıyla gülümsedi. Acı bir ifade vardı bu tebessümde. "Yanıtını biliyor musun?" diye sordu. "Sen itfaiyecisin, belki bilirsin."

Ali "Bunu itfaiyeciler bilmez. Kimyacılar bilebilir" dedi.

"Bir kimyacıya mı sormalıyım?"

"Ben üniversitede kimya bölümünde okuyordum ama ne yazık ki atıldım. Bir af çıkmasını beklerken askere gittim. Jandarma oldum. Askerlik boyunca on kere yangın için göreve gittik. Tarla yangınları, orman yangınları, ev yangını, ahır yangını. İtfaiyeci olmaya askerde karar verdim. Askerlik bitince itfaiye sınavına girdim, mesleğime böyle başladım. Yoksa kimya öğretmeni olacaktım."

"Üzülüyor musunuz?"

"Hayır canım. Beklediğim af çıktı, bölümü bitirdim ama itfaiyeciliği seviyorum ben. Siz keşke beni kurtarmasaydınız dediniz ama ben mesleğimle gurur duyuyorum."

"Öyle söylediğim için çok pişmanım."

"Ziyanı yok. Ben de sizinle sohbet etmekten keyif alıyorum, bunu sadece size değil, biraz da kendime borçluyum."

"Ben tekrar teşekkür ederim."

"Rica ederim. Bunu size hatırlatmak için söylediğimi düşünmeyin. Mesleğimin iyi tarafını söylemek için sizi örnek verdim sadece."

"Aynı zamanda bir kimyacı olduğunuza göre, soruyu doğru kişiye mi yönelttim?"

"Evet. Çok şaşırdım doğrusu. Bu kolyenin içinde böyle bir sorunun saklı olabileceği asla aklımdan geçmezdi."

"Yanıtını söyleyecek misiniz?"

"Zümrüdüanka olduğunuza inanacak mısınız? Kendinizi Anka kuşu olarak görecek misiniz?"

"Yanıta bir karşılık mı bekliyorsunuz?"

"Elbette. Hakkım değil mi? Siz bu sorunun yanıtına paha biçebilir misiniz?"

"Yanıtı bilmiyorum ki, bilmediğim bir şeye nasıl paha biçeyim? Söyleyecek misiniz? Yoksa bunu aramızda bir oyuna mı dökeceksiniz?"

"Söyleyeceğim elbette."

Simru "Bekliyorum" dedi ve bir çocuk edasıyla kollarını kavuşturdu.

Ali "Su aslında küldür. O yüzden yanmaz" dedi.

Simru buna karşılık hiçbir şey söylemedi. Ali elindeki yanık kâğıdı katlayıp kolyenin içine koydu. Simru'ya geri verdi.

"Buyurun kolyenizi. Yanıtla birlikte geri veriyorum" dedi.

Simru "Bunu bana açıklayabilir misiniz?" diye sordu.

"Evet, açıklayabilirim. Su molekülü iki hidrojen ve bir oksijen atomundan teşekkül eder. İki hidrojen oksitlenerek birleşir. Oksitlenme bir yanma tepkimesidir. İki hidrojen ve oksijen birleşerek su olur. Yani oksijen, iki hidrojeni yakar ve üçü birleşir. Hidrojenler yanarak birleşir ve kendilerini yakanla da bir olur. Yani su aslında küldür."

Simru aldığı yanıttan çok etkilenmişti. Doğru insanla buluştuğunu anlamıştı.

"Peki sizce Ceyhun Bey bu soruyu neden fotoğraflarla birlikte verdi bana? Bende saklı ve yeri değişmez olanla bunun ne ilgisi var?"

"Bence bunu siz bulmalısınız ya da bizzat Ceyhun Bey'e sormalısınız. Mademki yanıtı bilmiyorsunuz, onu da Ceyhun Bey'e sorun."

"Dünya turuna çıkmış."

"Ne güzel işte. Ceyhun Bey dönene kadar bunu düşünmek için bol bol vaktiniz var."

# 8

Simru ve Ali görüşmeye devam etti. Sık sık haberleştiler, ara sıra buluştular, sohbet ettiler. Ali her buluşmada Ceyhun'u sordu. Ceyhun eski toprak olduğu için internetten pek hazzetmiyordu. Sosyal medya hesapları kullanmıyordu. Zaten Simru onunla yüz yüze konuşmak istiyordu. Elmas Fotoğraf Stüdyosu'nu birkaç kere aramış, oradaki sekreterine dönünce haberdar edilmesi için not bırakmıştı.

Ali'yle temasta olmak, arkadaşlık etmek Simru'ya iyi gelmişti. Artık birbirleriyle hep senlibenli konuşuyorlardı. Simru Ali'ye sürekli yalnızlığına iyi geldiğinden bahsediyordu. Ali ise aslında alışılagelmiş yalnızlığın asıl yalnızlık olmadığını anlatıyordu. Her konuşmalarında konu dönüp dolaşıp yalnızlığa geliyordu. Bir sahil yürüyüşünde birdenbire "Biliyor musun yalnız çocuklar tahterevallinin ortasına oturur hep" dedi Ali. Bunu söylerken sahil kenarındaki parka bakıyordu.

Parkta oynayan çocukların cıvıltılı sesleri duyuluyordu uzaktan. Ali onlara hüzünlü gözlerle bakıyordu. Simru onun yalnız bir çocukluk geçirdiğini düşündü. O bakış başka türlü ifade edilemezdi. İkisi de oldukları yerde durdu. Simru Ali'nin buğulanan siyah gözlerine bakarak sordu:

"Doğru. Tahterevallinin karşı tarafına oturacak birisi olmadığı için yalnız çocuklar hep ortasına oturarak oynar. Peki sen yalnız mıydın çocukluğunda?"

"Öyle sayılır."

"Anlatmak ister misin? Hep ben anlatıyorum sana ama senin geçmişinle ilgili pek fazla bir şey bilmiyorum."

"Aslında çok da merak edilecek bir yanı yok çocukluğumun. Az biraz yalnızlık vardı serde."

"O zaman çocukluğunu boş ver. Bana çocukluğunun yalnızlığını anlat."

Ali bir an duraksadı. Belli ki kalbinin içinde saklı kalmış, pek bilinmeyen bir yere dokunmuştu Simru. Derin bir nefes aldı ve konuşmaya başladı. Sesinde garip bir hüzün vardı.

"Kiminle olursan ol kimsesiz kalmaktır yalnızlık. Yaranın kapanması demek izinin kaybolacağı demek değildir. Bu yüzden nice sargı bezleri yetişse de yaranın imdadına, o bezler sökülüp atıldıktan sonra sen yaranın iziyle baş başa kalırsın. O bezler yalnızlığında yanında olan insanlardır aslında. Yaralarının iyileşmesine yardımcı olurlar. Yaranı kapatırlar ama asla izleri yok edemezler. O izler senin kimsesizliğindir işte. Bu yüzden kiminle olursan ol kimsesiz kalmaktır yalnızlık. O izleri bezler değil, sen taşırsın çünkü. Bezler gider izler kalır."

Ondaki derin acılara dokunduğunu fark etti Simru. Mahcubiyet hissetti. Utanmıştı kendinden. Konuyu hiç açmamayı dilerdi ama olan olmuştu bir kere. Ona her şeye rağmen yalnız olmadığını hissettirmek için "Ya o sargı bezleri hiç olmasaydı?" diye sordu Simru. "Ya o yaralar hiç sarılmasaydı? Hiç durmadan kanamaya devam etseydi? Dua et ki yalnızlığının elinden tutan birileri hep olmuş yanında."

Hafifçe gülümsedi Ali. Biraz keder biraz da sitem vardı o gülümseyişte. Siyah gözlerini Simru'nun gözlerinden kaçırarak cevap verdi.

"Yanında değil, içinde kimsenin olmamasıdır asıl yalnızlık."

Kendini kaş yapayım derken göz çıkaran insanlar gibi hissetti Simru. "Özür dilerim" dedi utanarak. "Derdim yalnızlığını deşmek ya da sorgulamak değildi." Ali karşısındaki kızın üzüntü duyduğunu hissetti.

"Böyle hissettirmek istemezdim. Üzülmeme üzülmene üzüldüm. Tekerleme gibi oldu biliyorum ama başka türlü anlatamazdım. Bu duruma sebebiyet vermek istemezdim asla. Zaten üzüntün başından aşkın."

"Ben sadece yalnızlığını okşamak istemiştim, acılarını kanatmak değil..."

"Kanatmadın Simru. Lütfen suçluluk hissetme. Kimse kimsenin bilmediği geçmişinden sorumlu değildir. Hayatına katıldığı an ve sonrasından mesuldür. Biraz kederlendim o kadar. Çocukluğum zor geçti benim. Gençliğimin de kolay geçtiğini, geçiyor olduğunu söyleyemem. İnsan zaten hayatı boyunca gizli, fark edilmeyen ama hissedilen bir yalnızlığın içindedir. İnsanlar etrafında kimse kalmadığı için değil, yanındakiler ona yalnızlık taşıdığı için yalnızdır çoğu kez. Belki de yaşadığımız o gizli yalnızlığın bu kadar derin olması o büyük ama boş kalabalıklar yüzünden. Bunu bilemiyoruz Simru. Yalnızlık tek başına kullanılır ama bunu bize boş kalabalıklar sunar. Çoğumuz yalnızlığı yanlış yorumluyor. Geceleri yan odadan gelen seslerin seni korkutması değil, umutlandırmasıdır yalnızlık. Yalnızlık yüreğinin içine yerleştirdiğin hiçbir şeyi orada bulamamaktır. İnsanın kendini terk etmesiyle başlar asıl yalnızlık. Sonra... Sonra kendinle konuşmaya başlıyorsun. Çünkü yalnızlığında bile yalnızlığına iyi gelen tek şey kendin oluyorsun. Kendinle baş başa kalıyorsun. İçini dinliyorsun, içini susturmak isterken... Ve şunu da unutma sakın: Kendi içsesini dinliyorsan yalnız, kendine cevaplar veriyorsan yapayalnızsındır. En acı olanı da şu: Sen birilerini değil birileri seni kaybetmişse başlıyor büyük yalnızlık bunu biliyorsun değil mi Simru?"

"Evet biliyorum. Biliyorum ama anlamıyorum. Bilmek anlamaya yetmiyor bazen."

"Boş ver o zaman. Anlamaya çalışmayalım. Anladığımız kadarıyla yetinelim ve bu sevimsiz konuyu kapatalım anlaştık mı?"

Ali bu soruyu sorarken elini tokalaşmak için Simru'ya uzattı. Simru, tokalaşmayı biraz daha uzatmak için "Ama bir şartla" dedi. Ali halinden memnundu.

"Neymiş o şart?"

"Bana bir gün çocukluğunu, daha doğrusu hikâyeni anlatacaksın."

"Tamam o zaman anlaştık."

Elleri hâlâ ayrılmamıştı.

***

Simru estetik ameliyat olmaya karar vermişti. Umutlu değildi ama hiç değilse insan içine çıkacak bir yüzü olurdu, böyle düşünüyordu. Simru'yu babası ikna etmişti. Kızını okutabilmek için yıllarca fazla mesai yapan fedakâr adam bu sefer de yanık kızının estetik ameliyat parası için gece gündüz çalışıyordu, annesi yine masrafları mümkün mertebe kısıyordu.

Bu zaman zarfında yalnız yaşayan, kimsesiz bir kadın mirasını Üsküdar İtfaiyesi'ne bıraktı. Selvi Nadir isimli kadını Üsküdar İtfaiyesi'nde tanıyan bilen yoktu. Vasiyetindeki açıklamada, genç kızken kendisini yangından kurtardıkları için bütün mirasını Üsküdar İtfaiyesi'ne bıraktığı yazılıydı. Kadın seksen beş yaşında ölmüştü ve o yangın en az altmış yıl önce çıkmıştı. Yani onu kurtaran itfaiyecilerin çoğu hayatta değildi. Zaten Selvi Nadir isimli kadın bütün mirası, kendisini o yangından kurtaranlara değil, Üsküdar İtfaiyesi'ne bırakmıştı.

Üsküdar İtfaiyesi'nde çalışanlar kendilerine ne kalacağını bilmeden, bu mirasa çok sevinmişlerdi. Böylesi bir vefa örneğini yaşıyor olmak, gurur ve mutluluk kaynağıydı ki, madden ellerine geçecek her şeyden daha kıymetliydi. Ama yalnız yaşayan, kimsesiz bir kadına göre miras az buz değildi. Kadının çok az parası, mücevherleri, eski bir evi vardı. Bu müstakil evin yeri çok değerliydi. Herkesin eline hatırı sayılır miktarda para geçecekti.

Üsküdar İtfaiyesi'nde çalışanlar, kendilerinden uzun yıllar önce görev yapanların hak ettiği bu mirası aralarında paylaşırken, kişi başına değil, evlilerin eş ve çocuklarını da saymaya karar verdi. Ali gibi bekârlar daha düşük pay alacaklardı ama hakkaniyetli olmak için bu yolu hep birlikte seçmişlerdi. Ali'nin eline elli yedi bin lira geçti. O yalnız yaşıyordu ve bodrum katında bir evi vardı, kira ödemiyordu. Evini satıp, üstüne miras parasını koyup, konut kredisiyle daha iyi bir ev alabilirdi. Ama Ali hiçbir şey için borca girmek istemeyen biriydi.

Ali uzun uzun düşünüp taşındıktan sonra Simru'yu aradı, "Bana bir miras kaldı. Tez zamanda buluşalım" dedi. "İstersen Hilton'da bile buluşuruz, ben ısmarlıyorum" diye şaka da yaptı. İkisi böyle şakalaşacak kadar samimiyeti ilerletmişlerdi, hatta Simru bazen onun yanında neşeleniyordu.

Simru'nun anne ve babası Ali'nin adını kızlarından sık sık işitiyor, kahraman çocuğu uzaktan çok seviyor, daima selam söylüyor, davet ediyorlardı. Simru da bunları mutlaka Ali'ye iletiyordu. Ali de onlara selam ve saygılarını iletiyor ama daveti hep erteliyordu.

Mihrimah Sultan Çay Bahçesi'nde buluştular. Simru mirası sordu. Ali de anlattı ona. Selvi Nadir isimli kadını kimse tanımıyordu. Yalnız yaşayan, kimsesiz bir kadındı. Başka bir şey bilmiyorlardı hakkında. Böyle bir sürpriz olmuş, havadan mirasa konmuştu.

Simru "Ne kadar güzel bir jest. Çok şanslısın" dedi.

Ali "Evet, bence de öyle. Hepimiz çok sevindik" dedi.

"Peki sana ne düştü?"

"Hepimize para düştü. Öyle karar verdik. Kalan evi ve mücevherler satıldı. Biz de eş ve çocukları da hesaba katarak kişi başına böldük. Bana mirastan elli yedi bin lira düştü."

"Ooo, keşke Hilton'da buluşsaydık."

"Sana söyledim ama ciddiye almadın."

"Sana Karun'un hazinesi de düşse, ben yine burada buluşmak isterdim. Şimdi biz mirası kutlamak için buluştuk, öyle değil mi?"

"Evet, öyle diyelim. Seni özellikle davet ettim Simru. Seninle konuşmak istiyorum."

"Tamam, konuşuruz."

Ali çay tiryakisiydi. Simru kahveciydi. Yanında kurabiye seviyordu. Ali çayını, Simru kahvesini içti. Ali itfaiyeci olduğu için her buluşmada mutlaka Simru'ya anlatacak birkaç macerası olurdu. Yine öyle yaptı. Tabii Ali sadece güzel şeyler anlatırdı. Yangınlarda ve kazalarda acı kayıplar da oluyordu, üzücü şeylerden hiç söz etmezdi.

Bir kedi villanın çatısına yavrulamıştı. Beş yavruyu çatıdan almak için akla karayı seçmişlerdi. Bir de sünnetten kaçmak için yüksek ağaca tırmanan yedi yaşındaki çocuk ağaçta kalmıştı, onu kurtarmışlardı. Çocuk "Kurtarmayın beni, kurtarmayın beni!" diye bağırarak ağlamıştı ama Ali onu ikna etmeyi başarmıştı. "Hayatımda ilk defa biri beni kurtarmayın diye bas bas bağırdı" dedi. Ali bunları neşeyle anlatmıştı.

Simru, Ali'nin geçmişini, çocukluğunu çok merak ediyordu. Fakat Ali geçmişiyle ilgili şeyler anlatmaktan hep çekiniyordu. Birdenbire soruverdi Simru.

"Bana çocukluğundan bahsetsene biraz."

Ali bu soruya çok şaşırdı. Hiç beklemiyordu. Simru, Ali'nin yüzündeki şaşkın ifadeyi fark eder etmez kendini düzeltti.

"Biliyorum böyle biraz damdan düşer gibi bir soru oldu ama geçmişini çok merak ediyorum. Hem bana sözün vardı unuttun mu?"

Ali'nin yüzündeki şaşırmış ifade yerini kederli bir duruşa bıraktı. Simru'nun gözlerine bakarak "Unutmadım unutmamasına da... Belki duymak istemeyeceğin şeyler vardır benim hikâyemde" dedi. Simru böyle bir cevap beklemiyordu. Ama yine de ısrar etti.

"Seni daha iyi tanımak istiyorum Ali. Bu yüzden bana anlatmanı rica ediyorum."

"Peki, bunu sen istedin. Hazır mısın?"

"Hazırım."

"Şimdi sana geçmişimde unutamadığım bir şeyi anlatacağım. Biz üç kardeştik. O zamanlar ben on üç, bir küçüğüm on, en küçüğümüzse altı yaşındaydı. Küçük bir prensesti en küçüğümüz. Şanslıydı. Hayat denen bu zorlu yolda onu koruyup kollayacak iki ağabeyi vardı. Belki daha yolun çok başındaydık ama elbet büyüyecek ve evimizin tek prensesine sahip çıkacaktık. Bernis... Adı Bernis'ti... Baharda açan ilk tomurcuk demektir Bernis. Babam üçüncüde kız çocuğunu bulduğu için ona göre ilk tomurcuk oydu. Annemle evlenmeden önce ona hep 'Bir kızım olsun. Adını Bernis koyalım ve sana benzesin' dermiş. O yüzden kız kardeşim daha doğmadan adı doğmuş. Her neyse...

Büyüyorduk işte fakirliğin üzerine kurulu bir yaşamın içinde... Benim bir küçüğümün adı Tufan'dı. Ortanca çocuktu Tufan. Fırtınalı bir günde doğduğu için onun adını Tufan koymuştu babam. Onu kucağına ilk aldığında 'Tufanlar gibi esip gürleyecek benim oğlum' demiş. Hep anlatırdı annem. Ve ben... Ali. Babamın ilk göz ağrısı. Umutlarını ve hayallerini süsleyen ilk oğlu...

Babamı pek göremezdik. O hep çalışmak zorunda olurdu. Hayatı boyunca durmadan bizim için çalışıp didindi. İlkokulu bitirdikten sonra diğer kardeşleri okuyabilsin diye çalışmaya başlamıştı. Bu yüzden daha fazla okuyamadı babam. Ama kendini çok iyi yetiştirmişti. Tıpkı annem gibi o da bizim hep okumamızı isterdi. Hayata atıldığı ilk günden beri hiç durmadan, arı gibi çalışırdı. Yetenekleri ve yaptığı işler saymakla bitmezdi. Ama dürüstlüğü ve gururu onu çok zaman işsiz bırakmıştı. Ne yalakalık bilir ne de başkasının hakkını yerdi. Bu yüzden çoğu işten kovulur ve hep parasız kalırdı. Hakkını arasa da pek fazla bir şey elde edemez, Allah'a havale ederdi. Ömrü boyunca hiçbir zaman başımızı yere eğdirmemiştir babam.

Akşamları geç saatlerde yorgun argın gelirdi eve. Bernis, çoktan uyumuş olurdu. Biz Tufan'la hep onu beklerdik. Önce biraz bizimle boğuşur, sonra yorgunluğuna yenik düşerdi. Salondaki yüzü yamalı koltuğa boylu boyunca uzanışından anlardık biraz sonra uyuyup kalacağını. Aslında hiç uyusun istemezdik. Ama o uykuya daldığındaysa hiç sesimizi çıkarmaz, ikimiz de göğsüne sokulur, ter kokusunu içimize çeke çeke onunla birlikte uyurduk. Sonra annemin sesiyle uyanıverirdik. 'Sabri hadi kalk yerine yat' derdi. Sonra bizi uyandırır, 'Çocuklar hadi siz de yatağınıza geçin' diye tamamlardı cümlesini. Uykulu gözlerle yatağımıza doğru giderken annemizin hâlâ ev işleriyle uğraştığını fark etmezdik. Gün boyu evlere temizliğe gitmekten kendi evinin işini yapamaz, akşam yorgun ve bitkin bir halde eve gelir ve yemek, bulaşık, çamaşır, ütü gibi rutin işere devam ederdi. Bir gün bile aksatmazdı. Ne ütüsüz önlükle okula gittiğimizi bilirim ne de evimizin kirli ve dağınık olduğu bir günü.

Annem de babam gibi ilkokul mezunuydu. Ama her şeyden anlar, her şeyi bilirdi. O da tıpkı babam gibi fakir bir aileden geliyordu. En büyük hayali okumakmış annemin. Ama paraları olmadığı için okutamamış ailesi. Bu yüzden bizim okumamız için elinden geleni yapar, haftanın her günü ev temizliğine giderdi. Biz okuyalım diye katlanmadığı zorluk kalmamıştı annemin. 'Okuyun yavrum. Okuyun da memleketi kurtarın' derdi durmadan. Biz annemin bu lafına pek anlam veremezdik o yaşlarda. Bir gün babam yemek masasında 'Cemile'ciğim, memleketten önce bizi kurtarsınlar şu halimize bak' diye sitem etmişti. Gözleri öfkeden kızarmıştı hiç unutmuyorum. Annem büyük bir kararlılıkla cevap vermişti. 'Memleket kurtula ki biz de kurtulalım Sabri.'

Annemin kastettiği ülkenin ekonomik durumuydu. Tabii ki memleket düşman elinde falan değildi ama ekonomi çok kötüydü. Televizyondaki haber bültenleri sürekli olarak enflasyonun tırmanışta olduğundan bahsediyordu. Bu zor şartlar altında yaşamaya çalışan beş kişilik çekirdek bir aileydik. Başka kimsemiz yoktu İstanbul denen bu vicdansız şehirde ve yaşadığımız bu varoş mahallesinde. Ama yine de babamın o günlerde söylediği şu sözü hiç unutmam: 'Fakirin değil, zenginin aç kalmasından kork. Felaket o zaman başlar...'

O günleri düşündükçe hep o garibanlık anıları geliyor aklıma. Babamın işsiz kaldığında pazarda limon satması... Zabıtalardan kaçışı... Yakalandığında elinden zorla alınan limonlar için verdiği mücadele... Zabıtalara yalvarması...

Hiç gözümün önünden gitmiyor. Ne zaman pazara limon satmaya gitse ben de onunla giderdim. Yanından hiç ayrılmazdım. O soğukta hiç durmadan pazarın içinde bir ileri bir geri yürürdük. Çünkü başında durup müşteri bekleyebileceğimiz bir tezgâha sahip değildik. Kaçak satardık. Zaten o yüzden kaçardık zabıtadan. Limon satan tezgâhların yakınında satamazdık. Kovarlardı satıcılar bizi. Elimizde bir kasa limonla gezer dururduk. Babamın bağırmaktan sesi kısılırdı çoğu kez. 'Sulu limon, sulu limon... Çaya çorbaya, doldur torbaya abla sulu limon..."

O bir kasa limonu halden bir tanıdık vasıtasıyla veresiye alırdık. Ancak yarısından biraz fazlasını satabilirse o kasanın parasını çıkarabilirdi. Gerisi onun cebine kâr kalırdı. Ama bazen... Bazen zabıtalara yakalanır ve tüm limonları kaptırırdık. Satamadığı limonların parasını ödemek zorunda kalırdı babam. Eve parayla dönmek bir yana cebindeki parayı da kaybederdi. Gözlerinde sonsuz bir öfke, yüzünde ağlamaklı bir ifade, omuzları düşük ve yüzü yerde girerse kapıdan içeri, ev halkı anlardı o gün limonları zabıtaya kaptırdığını. Hiç bakmaz, bakamazdı annemin yüzüne. Sessizce salonda oturur, ellerini başının arasına alır, saatlerce konuşmadan dururdu öylece.

Annem ona sarılıp teselli etmeye çalışır, 'Yaşıyoruz ya Sabri. Buna da şükür' derdi. Babamın ağzından tek bir kelime bile çıkmazdı. Hırsından duvarları yumrukladığına şahit olmuştum birkaç kez.

Bir nisan ayıydı hiç unutmuyorum. Üst üste üç hafta yakalandık. Her seferinde aldılar elimizdekileri. Son yakalanışımızda artık isyan etmişti babam. 'Yeteeeeer!' diye bağırmış, zabıtaların üstüne yürümüştü pazarın ortasında... Çok şaşırmış ve korkmuştum. İlk defa öyle görüyordum babamı. Çıldırmış gibiydi. Etraftaki herkes bize bakıyordu. O an sayıları iki olan zabıta memurları birdenbire çoğalmış, babamı tartaklamaya başlamışlardı. Ben elimdeki limonlarla kalakalmıştım ortada. Babam zabıtalardan birinin yakasına yapışmış haykırıyordu. 'Yok ulan yok!' diyordu. 'Artık bunları ödeyecek param yok! Yeter artık almayın, almayın!'

Hayatımda ilk defa babamın gözlerinde bu denli büyük bir öfkeyi ve çaresizliği aynı anda gördüm. Tüm vücudu zangır zangır titriyordu.

Yaşanan arbede sırasında ayakkabısının teki çıkmıştı ayağından. Babam bunun farkında bile değildi ama... O, sadece çaresizliğini anlatmaya çalışıyor ve etrafını saran zabıtalara direniyordu. Birden vurmaya başladılar babama. Ben elimdeki limonları yere fırlatıp 'Vurmayın babama!' diye bağırarak zabıtalara doğru koştuğum. O tezgâh sahibi pazarcıların biri bile yerinden çıkıp babama yardım etmedi. Sadece birkaç kadın 'Yapmayın, vurmayın adama' gibi bir şeyler söyledi. Kimse onları dinlemiyordu ama...

Babamı yere yıktılar. Çok direnemedi. Gücü kuvveti kalmamıştı. Çünkü günlerdir sadece ekmek yiyebiliyorduk evde. O yerdeyken onu tekmeleyen bir zabıtanın bacağına sarılıp 'Vurma!' diye bağırdım. Alçak adamlar beni duymuyordu bile. Bir tanesi beni tuttuğu gibi fırlattı. Çelimsiz ve zayıf düşmüş vücudumla bir pazar tezgâhının altına savruldum. Belim sanırım tezgâh ayaklarından birine çarpmıştı. Kımıldayamıyordum ama savrulduğum yerden babamın yüzüne inen tekmeleri ve yumrukları görebiliyordum. Yerde iki büklüm olmuş yatıyordu. Elleriyle başını korumaya çalışıyordu. O an ömrümce unutmayacağım, hafızamdan çıkmayan ve yıllarca rüyalarıma girecek olan bakışlarla karşılaştım. Evet! O an babamla göz göze geldik. Acıdan inliyordu. Kendinden geçmeden önceki son söz 'Vurmayın. Oğlumun önünde dövmeyin beni...' oldu.

Ağlıyordum. Belimdeki acıdan değil, bugün dahi gözümün önünden gitmeyen o bakıştan... Babamın 'Oğlumun önünde dövmeyin beni' derken bana bakan gözlerindeki o utanç ve acıya şahit olduğum için ağlıyordum... Sanki bana iniyordu o tekmeler, yumruklar... Hangi baba çocuğunun karşısında o duruma düşmek ister ki? Ve ben babamın karşımda düştüğü duruma değil, o durumdan ötürü yaşadığı utanç ve acıya ağlıyordum. Ve çelimsiz vücudumla hiçbir şey yapamamaya...

O tezgâhın altından nasıl çıktığımı, babamın yerde yatarken boynuna nasıl sarıldığımı hatırlamıyorum. Ben ona sarılınca durdu zabıtalar. Son hatırladığım babamın kanayan kaşından yüzüme sürülen kanı ve bana 'Tamam oğlum geçti. Tamam oğlum hiçbir şeyim yok. Acımıyor bak...' deyip beni avutmaya çalışmasıydı.

Ama ben hıçkıra hıçkıra ağlarken 'Baba nasıl bir şeyin yok? Yüzün kan içinde...' demeye çalışıyor, fakat hıçkırmaktan ve ağlamaktan konuşamıyordum. Ağzımın içinde hapsolup kalıyordu kelimeler. Yüzü değil... Babamın gururu kanlar içinde kalmıştı asıl...

Şimdi ne zaman bir yerlerde limon görsem kafamı çevirip geçiyorum. Bakmamaya çalışıyorum. O günden sonra hiç limon tüketmedim. Biri limon dese yüzüm ekşir ama bu limonun ekşi bir şey olmasından ötürü değildir...

İşte böyle acımasız bir hayat sürüyorduk. O günden sonra babam bir daha pazara çıkmadı. Zaten buna annem de izin vermedi. Limoncuya olan borcumuzu başka birinden borç alarak ödedik. O hafta evde hiç yiyeceğimiz kalmadı. Çünkü o hafta annem çok hastalandı ve temizliğe gidemedi. Evdeki son yiyecekler Tufan'ın ve benim beslenme sepetimize konmuştu.

Okul dönüşü eve geldiğimizde kapıyı açık bulduk. Babam evdeki sobayı yakmaya çalışıyordu. Ev biraz duman altı olunca kapıyı açmıştı demek... Bir de evde garip bir koku vardı. Sanki balıkçı tezgâhı gibi kokuyordu ev. Annem üç kat yorganın altında tir tir titriyordu. Ateşi hiç düşmemişti. Babam evde yakacak bir şey kalmayınca dışarı çıkmış, karşıdaki balıkçının balık kasalarından beş altı tanesini rica minnet alabilmişti. Ev bu yüzden balık kokuyordu. Bir yandan sobayı yakmaya çalışırken, diğer yandan gözucuyla anneme bakıyor ve 'Biraz ıslak bu kasalar ama bir tutuştu muydu canavar gibi yanar Cemilem... Hemen ısınırsın' diyordu.

Daha üzerindeki yırtık ve eskimiş parkayı bile çıkarmamıştı. Babam elindeki gazete kâğıtlarını sobanın alt ızgarasından içeri doğru tıkıştırıp yakmaya çalışırken yere eğilip var gücüyle üflüyordu. Geldiğimizi fark etmemişti. Bernis, annemin ayakucuna kıvrılmış kocaman gözleriyle olan biteni sessizce izliyor, burnunu çeke çeke ağlıyordu.

Tufan'la birlikte babamın başında dikiliyorduk. O neredeyse yere kadar eğilmiş, var gücüyle sobaya doğru üflerken ben babamın saçlarının giderek daha fazla beyazlamaya başladığını fark ettim. O pazar olayından sonra olmuştu bu. Babam kafasını yerden kaldırınca bizi gördü ve 'Hoş geldiniz çocuklar. Anneniz çok hasta. Ben sobayı yakmaya çalışıyorum. Hadi şimdi siz de Bernis'le ilgilenin. Ağlıyor...' dedi.

Annem yatağından doğrulmaya yelteniyor ama bir türlü başaramıyordu. Ben Bernis'i kucağıma alıp susturmaya çalışırken Tufan, annemin başına sirkeli bezini koydu.

Bir saat sonra evimiz sımsıcak olmuştu. Babam üzerindeki parkayı çıkarmamış olduğunu o zaman fark etti. Annem terlemeye başlayınca üzerindeki battaniyeleri kaldırdık. Kadıncağız biraz olsun kendine gelebilmişti. Babam annemin ellerinden tutmuş ve yattığı kırık somyanın kenarına oturmuştu. Biz Tufan'la sobanın yanında dersimizi çalışıyorduk. Diğer odalar çok soğuktu. Babam bana 'Oğlum, diğer odaların kapısını kapat sıcaklık oralara gitmesin. Dört tane kasamız kaldı. Dersinizi burada çalışın. Yer yatağı yapıp burada uyuyacağız. Bu gece don olacakmış' dedi.

Saatler çok ağır ilerliyordu o gece. Her ne kadar bize duyurmamaya çalışsalar da ders çalışırken annemle babamın fısıldayarak konuştuklarını işitebiliyordum. Hepimiz aynı odadaydık çünkü. Annem yorgun ve kırık sesiyle babama 'Çocuklara ne yedireceğiz Sabri? Evde hiç yemek yok. Birazdan acıktık diyecekler' diyordu. Babamsa çaresizce 'Işıkları kapatayım. Erkenden uyuyalım. Daha fazla acıkmadan uyurlar belki...' diyordu. Konuşmaları Tufan da duyuyordu. Sessizce birbirimize baktık o an. Aramızda gizli bir anlaşma yapmış gibiydik. O gece hepimiz açtık ve hiçbirimiz açlığımızı dile getirmedik. Aramızdaki sessiz anlaşma buydu işte. Ama Bernis... O daha altı yaşındaydı ve yaşı kadar doğal davranıyordu.

Hiçbirimizin söylemediğini o söyledi. Babama doğru yürüdü ve 'Baba açım. Yemek yemeyecek miyiz?' dedi. Evde o an bir ölüm sessizliği oldu. Kimse birbirine bakmıyordu. Tüm bakışlar yere devrilmişti. Sadece ben kafamı kaldırıp anneme ve babama bakabildim. Annem alnındaki sirkeli bezi gözlerine kadar indirdi. Ağladığının belli olmasını istemiyordu. Babam, Bernis'e verebileceği bir cevap bulamamanın çaresizliğiyle kıvranırken sıkıntılı bir şekilde parmaklarını kıtlatıyordu. Ayağa kalktı, mutfağa doğru yürüdü. Oturduğum yerden onu görebiliyordum. İçinde hiçbir şeyin olmadığını bildiği buzdolabını açtı, içinde hiçbir şey olmadığını bildiği küçük kapakları kaldırdı tek tek. Sonra içinde hiçbir şey olmadığını bildiği ekmekliğe uzandı ve içinde hiçbir şey olmadığını bildiği boş tencerelerin kapağını açıp kapattı. Sanki bir mucize bekler gibiydi. İçinden, o hiçbir şeylerin içinde bir şeyler olmasını diliyordu adım gibi eminim. Gizli bir elin oralara Bernis için bir şeyler koymuş olmasını umut ediyordu sanki. Ama yoktu.

Mutfaktan çıkıp yumruklarını sıkarak salona geldi. O anda hiç ummadığımız bir şey oldu. Tufan beslenme sepetinden bir parça ekmek çıkardı. Ancak bir kibrit kutusu büyüklüğünde olan ekmek, Tufan'ın akşam yemek için ayırdığı ekmeğiydi. Ve o küçük dilimi kardeşine uzattı. Bu sahne karşısında gözyaşlarımı tutamamıştım. Gidip anneme sarılmıştım ve beraber sessizce ağlamıştık. Babamsa sobanın yanında öylece ayakta duruyordu. Tufan'ın başını okşadı. 'Aferin benim Tufan'ıma...'

Bernis bir lokmada bitirdi ekmeği. O kadar acıkmıştı ki... Biz de açtık... Hepimiz açtık. Ama Bernis hepimizden önemliydi. Ekmeği bitirdi ve kocaman gözlerini babamın gözlerine dikip 'Doymadım baba' dedi. Babam bir kere daha yıkılmıştı. 'Kızım şimdi ağabeylerinle biraz oyun oyna, o zaman doyduğunu anlarsın' dedi yılgın sesiyle. 'Ama baba ben hiç doymadım' dedi Bernis. O daha altı yaşındaydı ve altı yaşında bir çocuğun açlıkla imtihanı ne zordu.

Babam o sırada sönmeye yüz tutmuş sobaya baktı. Omuzları iyice düşmüştü. Sadece iki kasa kalmıştı yakmalık. Ağır adımlarla kasalara doğru yürüdü ve üstte duran kasayı kaldırdığında bir mucizeyle karşılaştı. En alttaki kasada ezilerek kasaya yapışmış 10-15 tane istavrit vardı. Babamın yüzünde birden bir gülümseme oluştu. 'Allahım sana şükürler olsun, Allahım sana şükürler olsun' deyip deyip duruyordu. Koşarak mutfağa gitti. Hızla çekmeceleri karıştırdı ve çok kısa bir süre sonra elinde bir tabak ve ekmek bıçağıyla geri döndü. Üstteki boş kasayı çabucak parçaladı ve bana verdi. Ne yapacağını şaşırmış yapması gerekenlerin sıralamasını bile karıştırmıştı. 'Oğlum bu kırdığım parçaları hemen sobaya at. Soba geçmesin' dedi ve alttaki kasayı büyük bir dikkatle önüne çekerek elindeki ekmek bıçağıyla kasaya yapışık olan ezilmiş balıkları tek tek kazıdı. Bir elmas ustasının taşı şekillendirirken harcadığı dikkati sergiliyor, gram balığın boşa gitmesini istemiyordu. Her birini büyük bir dikkat ve özenle tabağa yerleştirdi. Sonra o tabağı sanki içi kıymetli taşlarla dolu bir kâseymiş gibi taşıyarak mutfağa götürdü. Gözünü tabaktan bir an dahi ayırmıyordu. Beş dakika içinde balıklar tavaya dizilmiş halde sobanın üstündeydi. Tüpümüz bitikti çünkü...

Yağ bile koymadı çünkü evde yağımız da yoktu. On beş tane ezilmiş istavriti paylaştık. Ekmeksiz yedik. Belki doymadık ama aç da yatmadık o gece... İşte bu yüzden balığı çok severim ve asla limon sıkmam."

Anlattıkları bittiğinde Simru'nun yüzüne baktı. Ağlıyordu. Bir eliyle kızın elinden tuttu ve "Neyse şimdi bunları bir kenara bırakalım. Eğer istersen devamını başka bir zaman anlatırım. İstemezsen anlatmam. Seni üzdüğüm için özür dilerim. Ama baştan uyarmıştım" dedi. Simru sanki onu duymuyordu. Çantasından çıkardığı kâğıt mendille gözündeki yaşları sildi. Zorla gülümsemeye çalışarak Ali'nin yüzüne baktı ve "Şimdi neden itfaiyeci olduğunu daha iyi anlıyorum" dedi. "Senin hayatın yangınmış zaten..."

Aralarında kısa süren bir sessizlik oldu. Ali, yere devirdiği bakışlarını Simru'nun gözlerine doğrultarak asıl söylemek istediğini kısa bir cümleyle ifade etti.

"Simru, ben bu mirastan bana düşen paya dokunmak istemiyorum. Onu sana vermek istiyorum."

Simru buna çok şaşırdı. "Hayır, kabul edemem" dedi hemen.

"Hemen hayır deme. Önce beni dinle."

"Peki dinliyorum." Simru yine çocuk gibi kollarını kavuşturdu. Bu bir savunma duruşuydu.

Ali "Bu miras, Allah göstermesin, senden bana kalsaydı, kabul ederdim" dedi. "Yangından kurtardığımız birinden kalsaydı, kabul ederdim ama merhumeyi hiçbirimiz tanımıyoruz Simru. Bizden altmış yıl önce Üsküdar İtfaiyesi'nde çalışan dedeler kurtarmış, biz o kadar eskilere dede deriz. Bu parayı ne yapayım diye düşünürken aklıma bir tek sen geldin. Bu parayı estetik ameliyatların için sana vermek istiyorum."

Simru "Ali çok naziksin, inan ki arkadaşım olduğun için çok şanslıyım, şimdi seninle bir daha gurur duydum ama sen benim için yapabileceğini fazlasıyla yaptın zaten. Kabul edemem. Bugün hesabı öde, bana yeter" dedi.

"Simru, bu kadını hiçbirimiz tanımıyoruz. Genç kızken yangından kurtarılmış. Senin gibi yani. Yalnız yaşayan, kimsesiz bir kadınmış. Seni tanısaydı, eminim mirası bana değil sana bırakırdı."

"Ne fark eder Ali? İkimizi de tanımıyor ve size bırakmış işte."

"Benim bu paraya ihtiyacım yok ama senin var."

"Kabul edemem dedim, lütfen ısrar etme."

"Ben de sana Zümrüdüanka olduğuna inan dedim. Küllerinden doğman için sana bir fırsat işte. Tekrar o fotoğraflardaki kadar güzel olabilirsin."

"Damarıma basma Ali. Çok isterim ama kabul edemem. Teşekkür ederim."

"Neden kabul etmiyorsun Simru? Benim yerimde olsan, aynısını yapmaz mıydın?"

"Yapardım."

"Bu kadar basit işte. Ben bundan emin olmasam, sana teklif etmem. Sana vermeyi aklımdan bile geçirmem. Ama biz dostuz. Ben senin dert ortağınım, unuttun mu? Benim de derdim bu."

"Peki Ali. Bunu annemle babama söylemem gerek. Onlar izin vermedikçe, kabul edemem."

"Topu taca atmıyorsun değil mi?"

"Tabii ki hayır Ali. Sana şimdi peki dedim. Ama benim demem yetmez ki, annemle babam da razı olmalı."

"Elbette öyle Simru, bunu söylemene gerek yok. Onları ikna etmeye çalışacak mısın, yoksa beni savuşturmak için yarım ağızla mı söyleyeceksin? Onu sordum."

"İkna etmeye çalışacağım Ali. Ama kolay olmayacak."

"Elinden geleni yap bence."

"Öyle yapacağım. Ben hiçbir şeyi yarım yapmam, sen de bunu bil Ali. Hele annemle babamla asla yarım ağızla konuşmam."

"Tamam tamam özür dilerim, kızma hemen. İyi niyet kuralına geri dönelim. Ara sıra böyle kusurum olur ama iyi niyetim baki."

***

Simru'nun annesiyle babasını ikna etmesi sandığı kadar zor olmadı. Onlar da hemen kabul etmek istemediler, kırk kere sordular ettiler, fakat uzaktan Ali'yi çok seviyorlar ve ona güveniyorlardı. Kızlarını yangından kurtaran Ali onun kolyesini hastaneye getirecek kadar hakkaniyetli ve nazik biriydi, belli ki bu jesti de hakkaniyet ve nezaketle yapmıştı kızlarına. Zaten yangından sonra Simru'nun bütün arkadaşları birer birer uzaklaşmıştı ve bir tek Ali kalmıştı geriye. Hepsi gitmiş, yeni bir dost gelmişti yerlerine. Hakan'ın hakkını yememek gerekir, ayda yılda bir mesaj atıyordu San Francisco'dan. Bu, Hakan'ın kendini aştığını bile gösterirdi.

Üsküdar İtfaiyesi o güne dek yangınlardan birçok insan kurtarmıştı. Simru'dan çok daha feci şekilde yananlar olmuştu. Bunlardan bazıları estetik ameliyat olmuş, ziyarete gelmişlerdi. Yangın insana o kadar büyük korku veriyor, insanın ruhunda o kadar güçlü bir tahribata neden oluyordu ki, yangından kurtarılan bir kişi itfaiyecileri unutmuyordu, merhume Selvi Nadir gibi. İşin ilginç yanı, yangından ne kadar ağır tahribat alırlarsa geri dönüşleri de o kadar geç oluyordu. Muhtemeldir ki, o korkunun, o şokun etkisini atınca minnetlerini sunmaya gidecek cesareti buluyorlardı.

Simru'nun ailesi yardım teklifini kabul edince, Ali başarılı estetik operasyonları tek tek sorup soruşturdu. Simru'yu en başarılı doktora götürdü. Ona durumu anlattı. Doktor Ali'nin kahramanlığından ve cömertliğinden çok etkilendi. Ona elinden gelenin en iyisini yapacağına söz verdi. Masraflar eldeki parayı aşsa bile hiç önemi yoktu.

"Her cerrah mucizevi bir operasyon gerçekleştirmek ister. Simru izin verirse, ben bir cerrah olarak onun yüzünde bir mucizeye imza atmak isterim" dedi.

Simru ona Ceyhun'un fotoğraflarını götürdü. "Aynen böyle olmak istiyorum. Bu mümkün mü?" diye sordu.

Doktor "Evet" dedi.

***

Hemen başladılar. Simru başlar başlamaz aynayla barıştı. Her gün aynaya bakıyor, fotoğraflarına bakıyor, her operasyondan sonra merakla bekliyordu. Bir günde olmuyor, dokuların uyum sağlaması zaman alıyor, Simru'nun yüzü, cildi her gün değişiyordu. Gece uyuyor, sabah kalkar kalkmaz aynaya bakıyordu. Hâlâ yanıktı, hâlâ çirkindi ama çirkin ördek yavrusu gibi her gün biraz daha güzele gidiyordu. Tabii bu küçük farkı en başta Simru görebiliyordu, sonra annesi ve babası. Sık sık görüştükleri için Ali de görüyordu ama ondaki etkisi daha güçlü oluyordu.

***

Aylar ayları kovaladı, Simru her gün biraz daha güzelleşti. Yeniden eskisi gibi güzel olacağına inandı. Hatta daha güzel olacaktı, doktoru böyle söylüyordu. Nitekim sonunda haklı çıktı. Simru eskisinden daha güzeldi artık. Zümrüdüanka gibi küllerinden doğmuştu. Operasyonlar başarılı geçtikçe her şey tıbben mümkündü fakat doktor söz verdiğini yaptı, usta bir heykeltıraş gibi ince ince uğraşarak, Simru'nun yüzünü tıpkı Ceyhun'un çektiği o büyülü fotoğraflardaki kıza dönüştürdü. Bir mucize olmuştu.

***

Operasyonların bittiği gün Ali'yle bir kutlama yemeği yediler. Yer olarak Kalamış Marina'yı seçmişlerdi. Simru'nun anne ve babası da yemekteydi. Masadan taşan mutluluk etrafa saçılıyordu adeta. Tüm gözler Simru'nun üzerindeydi. Hoş bir sohbet ve mükemmel bir yemeğin ardından Simru'nun annesiyle babası eski günlere dalıp aralarında sohbet etmeye başladı. Bunu fırsat bilen Simru Ali'ye "Biraz sahilde yürümeye ne dersin?" diye sordu. İzin alıp kalktılar. Biraz yürüyüp geri geleceklerdi.

Kalamış sahili geceleri daha güzel olurdu. Yaz akşamları oldukça kalabalık olmasına rağmen kimse kimseyi rahatsız etmeden yürürdü. Ali ve Simru yan yana yürüyüp bu keyfin tadını çıkarıyordu. "Eski tadı olmasa da hâlâ güzel buralar" dedi Ali. Birkaç adım sonra devam etti.

"Eskiden Tufan'la top oynardık buralarda. O zamanlar daha sakindi tabii."

"Bu söylediğin bana ne hatırlattı biliyor musun?"

"Ne?"

"Çocukluk hikâyenin devamını anlatmadığını..."

"Bence gerek yok Simru."

"Aaa... Neden gerek yokmuş? Ben merak ediyorum."

"Yani bu gece çok mutlu bir gece. Seni hüzünlendirmek istemiyorum."

"Ortada yarım bırakılmış, anlatılmamış bir hikâye varsa ben daha çok hüzünlenirim Ali. O yüzden bahanelere kaçmadan anlatmanı istiyorum."

"Peki o zaman. Bu gece senin gecen ve sen ne dersen o olur. Şu banka oturalım mı?"

Oturdular. Yüzleri denize dönüktü. Ali üşümesin diye ceketini Simru'ya verdi ve anlatmaya başladı.

"On yedi yaşına geldiğimde eve katkı sağlamak için ben de çalışmaya başladım. Okuluma ara verdim. Bernis ve Tufan'ın okul masraflarını karşılayabilmek için benim okula ara vermem ve çalışmam gerekiyordu. Annemle babamın kazandığı yetmiyordu hepimizi okutmaya. Bir kaportacıda çalışmaya başlamıştım. İş çok ağırdı ama haftalığım iyiydi. Zaman zaman dükkânın önünden okul arkadaşlarım geçerdi. Utanır içeri kaçardım. Bir keresinde fark ettiler. Neden okula gelmediğimi sordular. Ben de durumu anlattım. Onlarla konuşurken tırnaklarımın arasında biriken kirleri ve yağları görmesinler diye ellerimi onlardan saklayarak konuşuyordum. Arkadaşlarım hafta sonu bir çay partisi vereceklerini ve benim de katılıp katılmak istemediğimi sordu. Ben de biraz tereddüt ettim. Çünkü davetiyenin fiyatını bilmiyordum. Sormaya da utanmıştım açıkçası. Neyse arkadaşlarım daha ilkokuldan beri okul gezilerine katılamadığımı, okul aile birliği için toplanan parayı veremediğimizi ve bu yüzden bir aşağılanma duygusu yaşadığımı bildiklerinden bana davetiyeyi ücretsiz olarak vereceklerini söylediler. Buna sevindim. Yazdan beri göremediğim arkadaşlarımı görecektim. Gittim. Yırtık ayakkabılarım, üzerimde çuval gibi duran eski kazağım ve belimden düşmesin diye kazağımın altından kemer köprülerini iple birbirine yakınlaştırarak giydiğim pantolonumla gittim. Bu kusuru kazağımın kapattığını düşünüyordum. Ama kızların kıyafetime bakıp gülüşmelerinden her şeyin ortada olduğunu anladım. Bir kusurla, başka bir kusuru kapatmaya çalışıyordum. O gün kız arkadaşlarımdan hiçbiri benimle dans etmedi."

"Bunun neresi kusur Ali!" dedi Simru. Gözleri dolmuştu ve sesi titriyordu. Elinde olmadan Ali'ye yüksek sesle böyle demişti. "Bu kusur falan değil Ali. Hatta utanılacak bir şey asla değil!"

"Biliyorum. Biliyorum ama senin de daha önce dediğin gibi bilmek anlamaya yetmiyor Simru. On yedi yaşındaydım, gurur ve onurdan başka da hiçbir şeye sahip değildim."

Kısa bir sessizlik oldu aralarında. Neşeyle başlayan gece kederle devam ediyordu. Sesi biraz daha kısık devam etti Ali.

"Fakirliğin içinde barındırdığı yoklukla bir şekilde mücadele edersin, edersin ama bazı sahneler insanın gözünden silinmiyor işte. Çay partisinde herkes dans edip eğlenirken elinde kuru bir simitle arkadaşlarına bakıp sessizce onları izleyen o halim gözümün önünden hiç gitmiyor. Bugün bile o görüntüdeki yoksunluk gözümün önüne geldiğinde içimde bir şeyler kırılıyor. Bugünkü halime şükür, şükür ama o günkü Ali'ye dışardan baktıkça bugün hâlâ üzülüyorum. Kendine acımak mıdır bu nedir bilmiyorum."

Simru, oturduğu bankta Ali'ye biraz daha yanaşarak kolunu onun boynuna attı. "Yanlış anlama" dedi. "Sana değil, içindeki yalnız ve çaresiz kalmış Ali'ye sarılıyorum ben."

Ali, başını Simru'nun koluna doğru eğerek devam etti.

"O'na en son Muhittin sarılmıştı."

"Muhittin kimdi?"

"İlkokul arkadaşım. Ortaokulda da beraberdik lisede de... Beni en iyi anlayan arkadaşım oydu. Çay partisinde beni öyle görünce yanıma gelmiş ve bana sarılmıştı. Dışarı çıkıp yürümüştük. Beni teselli eden cümleler kurmuştu. Zaten o da sevmezmiş o tip partileri. Belki de yalnız olmadığımı hissettirmek için öyle söyledi bilmiyorum. Ama işe yaramıştı doğrusu. O benim en iyi ve tek dostumdu Simru. Beni korur ve kollardı. Bazen harçlıklarını benimle paylaşır, elindeki simidin yarısını her zaman bana verirdi. Ondan öğrendiğim çok şey olmuştu. Son paramla yarım ekmek döner alır eve gelirdim. Bir lokma Tufan'a, bir lokma Bernis'e ısırtırdım. Sıra bana gelince arkamı döner ısırmış gibi yapardım. Paylaşmayı Muhittin'den öğrenip, nasıl paylaşmam gerektiğine kendim karar vermiştim ve bundan sonsuz bir huzur duyuyordum. İnsanın güvenebileceği ve sırtını dayayabileceği bir dostu olması ne güzeldi. Ama büyüklerin dünyasında işler böyle yürümüyordu işte. Kimse kimseyle bir simidi bölüşmüyordu. Herkes başkasının elindeki simide göz dikmişti. Benim babacığım da yapayalnız bir adamdı işte. Parası olmadığı için kimse onunla yakınlık kurmak istemez, uzaktan selam verip geçerdi. Babamın ne kadar gururlu ve onurlu olduğunu daha önce anlattıklarımdan anlamışsındır zaten. Bize bıraktığı en büyük mirastır gurur ve onur... O hep ailesi için mücadele verdi. Kendini silip biz oldu. Ve o, biz olmasaydı, biz hiç biz olamazdık. Çok mücadele etti, çok direndi benim babacığım. Fakirliğimizi bize hissettirmemek için elinden ne gelirse yapıyordu. Ailecek gidilen bir yerden dönerken eğer minibüse yetecek paramız yoksa yürürdük. Bazen bir saate yakın yürüdüğümüz olurdu. Zavallı babam Tufan ve Bernis'i hep kucağında taşımak zorunda kalırdı. Onun o acı çeken yüzünü küçük bir tebessümle kapama çabasını hiç unutamam.

Kardeşim Tufan ilk hastalandığında gün boyu hastane hastane koşturmuş yorulmuştuk. Doktorlar bir türlü nesi olduğuna karar veremiyordu. Tahlil sonuçlarını beklerken Çapa Hastanesi'nin karşısındaki kaldırımdan yürüyorduk bir ileri bir geri. Bir kafede oturamazdık. Çünkü içtiklerimizi ödeyecek paramız yoktu. Babam kahveyi çok severdi. O yüzden defalarca aynı kahvecinin önünden geçip geçip durduk. 'İçemiyoruz bari kokusunu duyalım' deyip işi şamataya vuruyordu. Ama o kahveyi ne kadar çok içmek istediğini biliyordum. Cebimde biraz bozuk para vardı. Çıkarıp babama verdim. Bana sarıldı. İçim titredi. O önde ben arkada gittik kafeye. Önce fiyatını sordu. Sonra bana duyurmamaya çalışarak 'Daha küçüğü var mı?' diye sordu adama. Belli ki elimizdeki para yetmemişti. Adam kafasını iki yana salladı. Babam başını öne eğip ağır adımlarla geri döndü. Keşke babamın bu duruma düşmesine sebep olmasaydım. Onu ben zorlamıştım. Çok utandım yaptığımdan ama babam bana gülümseyerek 'Hadi evlat gidip kardeşinin sonuçlarını alalım. Kahveyi başka zaman da içeriz' dedi. Ah babacığım. Benim koca yürekli kahramanım. Beş kuruş daha ucuz olduğu için bakkal bakkal dolaşıp bize ucuz su bulan ama kendi için ağzını musluklara dayayıp su içen babam. Ve daha ucuz olduğu için fırından bayat ekmek alıp ısıtıp yumuşatıp önümüze koyan annem. Bir keresinde ortada hiçbir sebep yokken bizi uzak bir akrabanın yanına yollamışlardı. Birkaç ay kalmış, sonra o akrabalarımız tarafından geri gönderilmiştik. Eve dönüp buzdolabını açtığımda ise neden gönderildiğimizi anlamıştım. Bomboştu..."

Bir an duraksadı Ali. Babasını ne kadar özlediği gözlerinden belliydi. Simru, Ali'nin annesinin ve babasının hayatta olup olmadığını çok merak ediyordu. Ama bunu direkt sormaya cesaret edememişti bir türlü. Eğer Ali anlatmaya devam ederse elbette onların hayatta olup olmadığını da öğrenecekti. Biraz daha sabredip Ali'yi dinlemeliydi.

"Ara verdiğim okul hayatıma yeniden başlamıştım. Ve bir gün kardeşim Tufan'ın hastalığını öğrendik. Lösemi... Hayat acı tokadını bir kere daha vurmuştu yüzümüze. Kardeşim lösemi hastasıydı. O günden sonra düzelemedi babam. En son isyanını hatırlıyorum. Minibüsteydik. Eve dönüyorduk. Babamın telefonu çaldı. Büyük yengemdi arayan. Kısa bir süre konuştular. Babamın ağzından zor dökülüyordu kelimeler. Dudağının kenarında bekleyen isyan dolu sözleri bastırmaya çalışarak yengesine bir şeyler anlatmaya çalışıyordu. 'Anlamıyor musun yenge, oğlum gözümün önünde ölüyor ve ben onu yaşatmak için para bulmaya çalışıyorum' dedi. Dudakları titriyordu. Gözleri dolu doluydu. En son 'Yok işte yok!' diye bağırarak telefonu kapattığını gördüm. Sonra iki elini yüzüne kapatıp minibüsün içinde hüngür hüngür ağlamaya başladı koca adam. Herkes bize bakıyordu. Ben de ona sarılıp ağladım. Bir o gün, bir de kardeşimi mezara koyduğumuz gün bu kadar çok ağlamıştık babamla. Birbirimize sarılıp ağladığımız son gündü o cenaze günü. Ertesi sabah, ardında kısa bir not bırakıp evimizin arka bahçesindeki ağaçta kendini astı. '*Yoruldum ve kaybettim. Oğlumun yanına gömün beni. Geriye sadece sessizliğimi bırakabiliyorum özür dilerim. Beni affedin*' diye yazmıştı."

Simru böyle bir son beklemiyordu. Kötü bir şeylerin olacağını kestirebiliyordu ama bu gerçek bir trajediydi. Bir an nefessiz kaldığını hissetti. Yapabildiği tek şey Ali'nin elini tutmak oldu. Ali gözyaşlarını sildi ve "O günlerde bana en büyük destek yine kimden gelmişti biliyor musun?" dedi. Simru hiçbir şey söyleyemedi. Sustu sadece. "Kim?" diyecek oldu ama sesi çıkmadı. Ali kendi sorduğu soruya yine kendi cevap verdi.

"Muhittin... O her zaman yanımdaydı. Bana hep destek oldu. Ve yıllar sonra bir itirafta bulundu. Ben okuldayken kardeşimin ölüm haberi gelmiş. Yani ben sınıfta ders dinlerken, teneffüse çıkarken, sınıf arkadaşlarımla şakalaşırken... Yani kardeşimin öldüğünü bilmezken ve güzel geçen bir okul gününü yaşarken Muhittin beni izliyormuş uzaktan. Gözlerindeki kederden anlamalıydım o gün onun iç sıkıntısını. Birazdan okuldan çıkacak ve eve gidecek. Evde onu bekleyen kara haberi alacak ve hayat onun için bir daha eskisi gibi olmayacak diye düşünmüş dakikalarca. 'Zil çaldı ve çıktık. Köşeye kadar birlikte yürüdük. Sen bana iyi akşamlar dedin ve ben senin arkandan dakikalarca o boşluğa baktım. Birazdan öğrenecektin acı gerçeği. Birazdan yıkılacaktı dünyan. Birazdan hayatın başka bir safhasına geçecektin. Bir önceki safhaya bir daha hiç dönemeyecektin. Yaşam birazdan senin için daha da zorlaşacaktı. Ve senin bunların hiçbirinden haberin yoktu o an. Ve ben senin için hiçbir şey yapamayacaktım. Ertesi gün baktığımda sıran bomboştu...' demişti bana yıllar sonra."

İkisi de ağlıyordu. Böylesi güzel başlayan bir gecenin bu denli ağır bir hüzünle bitmesi çok trajikti. Ayrılırken gözyaşları içinde "Bir gün de sen anlat çocukluğunu olur mu?" dedi Ali.

"Söz Ali."

# 9

Hakan bir yıldan fazla kaldı San Francisco'da. Projesini ancak geliştirebildi, onu da bir mucize gibi kabul ettiler. Gerçekten elle tutulur bir projeyle gelmişti. Simru'ya haber verdi geldiğini. Kristal Küre'nin fuar salonunda bir tanıtım kokteyli vardı. Projesi basına tanıtılacaktı.

Simru "*Kusura bakma Hakan, ben Kristal Küre'nin önünden bile geçmem*" yazdı.

Hakan "*Kasma kızım ya. Sen de gel işte. Güzel giyinmeyi unutma*" yazdı.

"*Ben çok değiştim ama sen hâlâ aynı salak Hakan'sın ve kasma demekten başka bir şey bilmiyorsun.*"

"*Biliyorum, o yüzden gel diyorum. Biz iyi arkadaşız. Baloda kavalyen bendim.*"

"*Amerika'da kız arkadaşın oldu mu?*"

"Evet, Jamaikalı bir kızla çıktım."

"Ne kadar sürdü?"

"Birkaç saat. Sinemaya gittik."

"O kadar mı?"

"Çıktım dedim. Date yani. Nişanlanacak mıydım?"

"En azından bir ilişki kurabilirdin."

"Aramadı ki. Zaten çok kiloluydu, tipim değildi."

"Film neydi?"

"Ice Age."

"Sen o kızı çocuk filmine götürürsen bir daha aramaz tabii."

"Çocuğuyla birlikte gelir sandım. Jest yapmak istedim."

"Koca Amerika'da bir kız bulamadın mı, Jamaikalı, çocuklu kadınla çıktın?"

"Aramadım ki."

"Beni neden çağırıyorsun Hakan? Beni görmek için mi? Yoksa basın toplantısı için yanında güzel bir kıza mı ihtiyacın var?"

"Her ikisi de Simru. İkincisi biraz daha ağır basıyor."

"Benim yüzüm yandı Hakan. Bilmiyor musun?"

"Estetik yaptırdım dedin."

*"Evet ama ben hâlâ çok çirkinim. Emin misin?"*

Hakan bir süre yazmadı. Simru ne diyeceğini çok merak ediyordu.

*"Olsun, sen yine de güzel bir şey giy."*

*"Neden bu kadar beklettin? Arada başka bir kızı davet ettin, geri mi çevirdi?"*

*"Hayır, babama sordum. Çirkin kızla gitsem bozar mı dedim."*

*"O ne dedi?"*

*"Annenle gitme de kiminle gidersen git. Seni adam sansınlar yeter dedi."*

Simru bir kahkaha ikonu gönderdi. *"Orada görüşürüz"* yazdı.

Basın tanıtımı aynı mekândaydı. Kristal Küre'nin fuar salonunda. Hakan'la birlikte mezunlar gecesine gittikleri, Kemal ve Şeyhmus'la tanıştıkları yerdi orası. Ali'ye söyledi oraya gideceğini. Ali "Mutlaka git. Seni görünce tepkileri ne olacak, merak ediyorum" dedi.

Hakan artık bir işadamı olduğu için arabası vardı. Simru'yu evden alacaktı. Geç geldi, çünkü yolu unutmuş, trafikte kaybolmuştu. Sonunda evin önüne gelebildi. Simru aşağıya indi, arabaya bindi. Hakan onu tanıyamadı.

"Pardon, ben arkadaşımı almaya gelmiştim. Yanlış oldu galiba" dedi.

"Hakan, ben Simru. Tanımadın mı?"

Hakan ona uzun uzun baktı.

"Yoo tanımadım. Çirkinim dedin. Fıstık gibisin."

"Beğenmene sevindim."

"Harbi fıstık gibisin ha! Yangın sana yaramış."

"Hakan, çarparım suratına ha. Sen hiç bir kızdan tokat yedin mi?"

"Ben hiçbir kızla o kadar samimi olmadım Simru. Biliyorsun, kızlar beni kasıyor."

"O yüzden mi çocuklu kadınla sinemaya gittin?"

"Jamaikalılar adamı kasmaz dedim ama filme çok laf etti."

Hakan yollarda kaybolduğu için toplantıya biraz geç gittiler. Tabii, isabet olmuştu. Herkes gelmişti, Hakan'ı bekliyorlardı.

Hakan kapıda "Kol kola girelim. Olur mu?" dedi.

"Olur."

Hakan, Simru'nun kolunu tuttu.

"Ne yapıyorsun ayıcık!"

"Koluna girdim işte."

"Kol kola girmek bu mu ya? Kafakol atsaydın!"

Simru ona nasıl kol kola girileceğini gösterdi.

"Böyle duracaksın. Benimle aynı hızda ve aynı hizada yürü. Alıp başını gitme."

Simru ve Hakan salona kol kola girdiler. Herkes dönüp onlara bakıyordu. Kemal ve Şeyhmus'un yanına gittiler.

Kemal "Nerede kaldınız?" diye sordu.

Hakan "Yolları biraz karıştırdım. San Francisco'dan sonra İstanbul trafiği karışık geldi. Sizi tanıştırmıyorum, Simru'yu tanıyorsunuz zaten" dedi.

Kemal ve Şeyhmus ona dikkatle baktılar. Tanımamışlardı. Simru bunu anladı, soğuk bir merhaba dedi.

Kemal "Ben hatırlayamadım sizi. Bu kadar güzel birini unutmam aslında..." dedi.

Simru "Mezunlar gecesine Hakan'la birlikte gelmiştik. Orada tanıştık. Sonra kısa bir süre Kristal Küre'de çalıştım" diye karşılık verdi.

Kemal ve Şeyhmus ağızlarını açarak "Aaaaa... Evet..." dediler.

Şeyhmus "Benim yanımda çalışmıştınız, değil mi?" dedi.

"Evet. Sonra işten çıkarıldım."

"Tamam hatırladım. Zerrin Hanım bir kaza geçirdiğinizi söyledi. İşine devam edemeyecek dedi. Geçmiş olsun. Ne oldu?"

"Evim yandı. İtfaiyeciler kurtardı."

"Bilmiyordum. Sizi iyi gördüğüme sevindim. Bir mâni yoksa, sizi tekrar aramızda görmek isteriz."

Kemal ve Şeyhmus mezunlar gecesinde tanıştıklarında neşeli ve samimiydiler. Bu kez bir basın toplantısında karşılaşıyorlardı, bu iki ünlü işadamının mezunlar gecesinde olduğu gibi davranmaları beklenmeyebilirdi. Fakat aradaki farkın nedeni bu değildi. Simru bunu anlamıştı. Özellikle Şeyhmus daha mesafeli ve saygılı konuşuyordu. Simru'nun işine son vermiş olmanın getirdiği bir mesafe değildi bu. Şeyhmus onun güzelliğinden etkilenmişti.

Simru "Yaşadığım tecrübe bana yeter. Yeni bir tecrübeye gerek yok" dedi.

Şeyhmus "Mutlaka konuşalım Simru Hanım. Eğer bilgim dışında bir kusurumuz olduysa, telafi edelim" diye karşılık verdi.

"Evet oldu ama benim için iyi tecrübe oldu. Telafiye gerek yok."

"Madem geldiniz, biz bu konuyu konuşalım."

Kemal ve Şeyhmus birbirlerine baktı. Yıllardır süren iş ortaklığı sonucunda böyle sessiz bir dil kurmuşlardı aralarında. Simru'nun onlara kırgın ve kızgın olduğunu anlamışlardı. Bu bakışmada, Şeyhmus'un teklifini birlikte tarttıkları belliydi. Tabii Kemal iş ortağı Şeyhmus'un Simru'nun güzelliğinden etkilendiğini de az çok anlamıştı.

Şeyhmus "Basın tanıtımından sonra iş yemeğine çıkacağız. Madem Hakan'la geldiniz, siz de katılacaksınız, öyle değil mi?" diye sordu.

Hakan durumu hiç anlamadan "Evet, öyle konuştuk" dedi.

Simru itiraz etmedi. Şeyhmus'un ne söyleyeceğini merak ediyordu. Tabii Zerrin'i de unutmuyordu.

***

Yemekte Kemal çok az konuştu. Şeyhmus neler olup bittiğini öğrenmek için Simru'ya bir hayli soru yöneltti. Simru yangında yüzünün yandığını, ellerinin, kollarının, bacaklarının da yandığını, Zerrin'in bu yüzden onu işten çıkardığını söyledi. Aylar süren estetik operasyonları sonrasında eski haline dönebilmişti.

Şeyhmus "Çok değişmişsiniz. Şimdi daha güzelsiniz" diye iltifatta bulundu.

Simru "Yoo... Aynıyım" dedi.

Ceyhun'un çektiği fotoğraflardan birini çantasından çıkardı, onlara gösterdi. Evet, aynen öyleydi.

Şeyhmus "İnanın, çok üzüldüm. Zerrin Hanım bana bir kaza geçirdiğinizi söyledi, benim yangından haberim yoktu. İşe devam edemeyeceğinizi söyledi, ben de tamam dedim. Siz istemiyorsunuz, devam edemiyorsunuz sandım. Haberim olsaydı, buna izin vermezdim. Tedavi masraflarını biz karşılardık" dedi.

Kemal araya girdi. "Neyse, iyisi mi boş verelim. Hakan ve Simru'nun birlikte geri dönüşlerini kutlayalım."

Şeyhmus "Evet, böyle kabul edelim. Madem Hakan artık burada bizimle birlikte, sen de tekrar bizimle ol Simru" dedi.

Simru sessiz kaldı. Kristal Küre çok iyi bir şirketti, oradaki işini sevmişti, ayrıca bir işe ihtiyacı vardı. Artık tekrar iş hayatına dönebilirdi.

Simru sessiz kalınca Şeyhmus sözüne devam etti. "Bu kez gözümün önünde ol sen. Sana bir şey olursa haberim olur. Zaten bizimle çalıştın, şirketimizi tanıdın, biraz iş tecrübesi de kazandın. Sen benim asistanım ol, seni yönetici olarak yetiştirelim" dedi.

Bu harika bir teklifti.

Simru "Ben biraz düşüneyim" diye karşılık verdi.

Şeyhmus "Nesini düşünüyorsun Simru? Bu bir iş yemeği. Her şeyi açık açık konuşup bir karara varalım" dedi.

Hakan "Kasma kızım. Olur de başla işte. Beğenmezsen bırakır gidersin, hiç kimse senin arkandan ağlayacak değil ki" deyince Kemal gülmeye başladı. Simru kim olsa kızardı, ama Hakan hep böyle abuk sabuk konuşan şuursuzun tekiydi işte.

Şeyhmus elini uzattı. "Gel biz el sıkışalım" dedi.

Simru biraz tereddüt etti. Onlarla tanıştığına bile hayret etmişti. Şimdi iş yemeğine çıkmışlardı. Şeyhmus asistanlık öneriyor, yönetici olarak yetiştirmeyi vaat ediyordu, havaya uçardı eski Simru, gözü kapalı kabul ederdi. Adamın elini havada bırakmak istemedi, eve çok iyi bir haberle döndü. Kendisini işten çıkaran kadına emir verecek pozisyonda işine geri dönecekti. Mutlaka çok iyi bir kazancı olacaktı.

Annesi ve babası bu habere çok sevindi. Artık her şey eski haline dönmüş demekti bu, hatta daha iyi olmuştu. Simru ertesi gün Ali'yi aradı ve olanları anlattı. Ona içtenlikle bir kez daha teşekkür etti.

# 10

Simru yeni işine başlamak için tekrar Kristal Küre'ye gitti. Bu uzay üssü gibi mekân bu kez başını döndürmedi. Şeyhmus sekretere önemli bir not bırakmıştı, Simru'yu onun odasına götürecekti.

Simru "Odasını biliyorum, kendim giderim" dedi.

Sekreter buna rağmen onu Şeyhmus'un odasına kadar götürdü. Simru bunun nedenini anlayamamıştı, biraz rahatsız olmuştu. Çünkü sekreter onu tanıyor, geleceğini biliyordu. Telefonla arayıp randevu saatini teyit etmiş, vaktinde gelip gelemeyeceğini ona özellikle sormuştu. Simru bu refakatin anlamını sonra anladı. O artık patronun özel asistanı, yani sağ koluydu. Şeyhmus ona göre karşılanmasını istemişti.

Şeyhmus onu başından savar gibi alelacele konuşmadı. Tam tersine, halini hatırını sordu, sohbet etti. Bir sürü soru sordu üstelik. Aile durumunu, hobilerini, hangi filmleri hangi kitapları sevdiğini, yangının nasıl çıktığını, sonrasındaki ameliyat sürecini vb. Simru bu kadar ilgilenmesinden hoşnut olmuştu. Gitgide daha rahat konuşur oldu. Kendini uzun uzun anlattı. Şeyhmus böyle baş başa olduklarında senlibenli konuşabileceklerini söyledi ve öyle devam etti.

Şeyhmus ona yurtdışındaki ortaklıklarını kısaca anlattı. Sık sık yurtdışına gidiyordu iş için. Günlerce, haftalarca kaldığı oluyordu. Yılın yarısını yurtdışında geçiriyordu. Genel olarak Avrupa ülkelerinde. Bunun dışında ABD, Kanada, Avustralya, Brezilya, Kore ve Çin'e gidiyordu. Türkiye'yle sınırlı kalmamak, bir dünya markası olmak istiyorlardı.

Bu iki eski ortak, işleri ve şirketleri aralarında paylaşmışlardı. Kemal evli ve evcimen bir adamdı, on yıllık evliydi ve çocukları küçüktü, bu yüzden seyahat etmek istemiyordu. Bütün yurtdışı seyahatlerine Şeyhmus çıkıyordu. Beş yabancı dil biliyor, şimdi altıncısını öğreniyordu. Simru İngilizce ve Almanca biliyordu. Şeyhmus en az iki dil daha öğrenmesini istedi, İspanyolcayla başlamasını tavsiye etti.

Simru bunlara şaşırmıştı, çünkü o en çok ne kadar maaş alacağını merak ediyordu. Bir de tam olarak ne yapacağını, nereden başlayacağını. Şeyhmus bunları da anlattı. Simru'yu özel asistanı yapacaktı, bütün seyahatlere birlikte gideceklerdi, Simru bütün bağlantıları adım adım kuracak ve takip edecekti.

Şeyhmus "Beraberken yardımcım, tek başına gittiğinde benim temsilcim olacaksın. Senin verdiğin kararlar beni bağlar. O yüzden sırlarımızı bile öğreneceksin. Seni çok parlak bir gelecek bekliyor" dedi.

Simru memnuniyet duyacağını söyledi. Tekrar el sıkıştılar. Simru heyecanlanmıştı. Şeyhmus "Haftaya başlıyorsun. Şimdi sana bir çek yazacağım. Bunu ister avans olarak kabul et, istersen bizden ayrı geçirdiğin zamanların ücreti olarak kabul et. Ben seni buradan hiç ayrılmamış, sağlık nedenleriyle izne ayrılmış sayıyorum" dedi. Simru teşekkür etti.

Şeyhmus çeki yazdı, ikiye katladı ve Simru'ya verdi. Simru çeke hiç bakmadan çantasına koydu. "Hoşça kalın" dedi. Şeyhmus onu kapıya kadar geçirdi. "Hayırlı olsun Simru. Senin çok başarılı olacağına inanıyorum. Güle güle" diyerek uğurladı.

Simru otobüs durağında beklerken çantasından çeki çıkarıp baktı, dudağı uçukladı. Hemen bir taksiye bindi ve doğru eve gitti. Annesine müjdeyi verdi, babasını aradı, fazla mesaiye kalmadan gelmesini söyledi. İçi içine sığmıyordu, çekten annesine söz etmemiş, babasını beklemişti.

Babası işten gelince hemen bol köpüklü bir yorgunluk kahvesi içerdi. Sonra annesi akşam yemeği hazırlardı. Simru ya babasıyla kahve içer ya da annesine yardım ederdi. O akşam babasıyla kahve içmek istedi. Ona yeni işini anlattı, sık sık seyahat edeceğini, üst düzey iş bağlantıları kurup takip edeceğini söyledi.

Tam annesinin hayal ettiğiydi bunlar. Kadın mutfakta yemek hazırlarken bir kulağı onlardaydı. Korkunç bir kâbus yaşayan kızının tekrar mutlu olmasına seviniyordu. Güzel haberler getirmesi o yangının küllerini tamamen savurmuştu.

Simru çeki çıkarıp babasına verdi. "Bunu ne yapalım baba?" diye sordu.

Adam çeke dikkatle baktı. Yanlış okumuyordu.

"Bu ne kızım?" diye sordu.

"Şeyhmus Bey iş avansı olarak verdi. İstersen bizden ayrı kaldığın zamanların ücreti say dedi. Ben de sana veriyorum işte."

Babası o kadar şaşırmıştı ki, çeke bir daha, bir daha baktı. "Allah Allah... Kızım adam bu çeki sana neden verdi?" diye sordu.

"Söyledim ya baba."

Babası biraz düşündü. Sonra "Sen bu çeki bana değil, götür Ali'ye ver" dedi.

"Benim de aklımdan öyle geçti baba ama sana söylemedim."

"Kızım sen daha genceciksin. Bir işe başlarken böyle bir avans alman normal değil. Bence bu çek Ali'ye borcumuzu ödemen için geldi. Aynen götür ver ona."

Çekte elli bin lira yazıyordu. Hemen Ali'yi aradı ama Ali ertesi gün döndü. Yine bir yangına gitmişlerdi.

Simru "Hemen buluşalım Ali. İstersen Hilton'da buluşalım, ben ısmarlayacağım. İşe başladım. Seninle konuşmalıyım" dedi.

***

Çengelköy sahilinde buluştular. Simru yangını sormadı, çünkü Ali anlatmıyorsa hiç sormamalıydı. Simru olan biteni neşeyle anlattı. Sonra ciddileşti.

"Bunu almanı istiyorum" dedi. Çeki ona verdi.

Ali çeki açıp baktı. Almak istemediğini söyledi. Simru çok ısrar etti. Babasıyla neler konuştuğunu aktardı. Onun sözlerini kendi sözleri gibi kullandı.

"Ali, ben gencecik bir kızım. Bir işe başlarken böyle bir avans almam normal değil. Bence bu çek sana borcumu ödemem için geldi. Sen de bu gözle bak. Çünkü o miras senin hakkın. Sen yangından yangına koşuyorsun, hayatını tehlikeye atıyorsun. Sen can kurtarıyorsun. Benim hem hayatımı kurtardın hem de değiştirdin. Lütfen bu çeki al."

Ali gönülsüzdü. "Alamam Simru, çünkü biz seninle konuştuk. O mirasın bana değil, sana bırakıldığına karar verdik. Söz sözdür. Şimdi bu çek eline geçti diye, konuştuğumuz şeyi çiğnemeyelim."

Simru alması için ısrar etti. Ali yine kabul etmedi.

"Ben sana o miras parasını karşılıksız vermedim Simru. Karşılığında Zümrüdüanka olduğuna inanmanı istedim, sen de kabul ettin. Bak gördün mü, küllerinden doğdun. Hayat sana daha iyisini verdi."

Simru "Ama ben sana borcumu nasıl öderim Ali?" diye sordu.

Ali "Bu çek benim için sadece bir kâğıt parçası. Bunun yerine bana başka bir kâğıt ver istersen" dedi.

Simru "Ne kâğıdı?" diye sordu.

"Kolyendeki kâğıt. Kolyende taşıdığın soru."

Simru'nun eli ister istemez kolyesine gitti. "O senin için bu kadar değerli mi?"

"Evet. Benim için unutulmaz bir hatıra."

"Tabii ki veririm. Seve seve veririm Ali."

Simru kolyeden yanık kâğıdı çıkardı. Bir daha okudu. Sonra Ali'ye verdi. Simru'nun eli titredi verirken, içi sızladı. Ali'den esirgemezdi, bir tek ondan esirgemezdi ama Simru o kâğıdı verirken kendisi için ne kadar değerli olduğunu fark etti. Gerçekten, çekten bile değerliydi. Ali'ye paha biçilmez bir şey vermişti. Ancak Simru bundan tuhaf bir mutluluk duydu. Buruk bir mutluluktu bu, çeki verseydi içi rahat olacaktı. Neden bir yanı bundan huzursuz oldu, hemen anlamadı. Hayli zaman geçmesi gerekiyordu.

***

Eve gidince babasına Ali'nin çeki kabul etmediğini söyledi. Yanık kâğıttan onlara hiç söz etmediği için o konuda ağzını açmadı. Çünkü bütün hikâyeyi baştan sona onlara anlatması gerekirdi. Oysa bu hikâyeyi bir tek Ali biliyordu. Ceyhun bile hiç bilmiyordu gerisini.

***

Simru artık tam bir Külkedisi gibiydi. Şeyhmus'la birlikte ülke ülke geziyor, en güzel şehirleri görüyordu. Şeyhmus kültürlü ve eğlenceli bir adamdı. Yalnızca iş konuşmuyordu ve iş hayatında da etkileyici biriydi. Simru işin içine girdikçe, Şeyhmus'un neden o kadar başarılı biri olduğunu anlıyordu. Bir satranç ustası, iyi bir aktör gibiydi. Her işi başından sonuna dek Simru'ya anlatıyor, aslında ne istediklerini ve ne beklediklerini sıralıyor, bunun için nasıl davranmaları gerektiğini açıklıyordu. Şeyhmus başkalarıyla iletişim kurarken çok samimi ya da çok profesyonel görünebiliyordu. Farklı kültürlerden insanlarla çabucak fikir birliğine varabiliyor, onları daima Şeyhmusca ikna ediyordu. Tabii Simru perde arkasını enine boyuna bildiği için bazen hayret ediyor, bazen hayran kalıyor, onu kendisine çok iyi bir örnek olarak görüyordu. Şeyhmus gibi olmak isterdi.

Şeyhmus'un özel uçağı, farklı ülkelerde evleri vardı. En lüks otellerde kalıyor, en lüks mekânlara gidiyorlardı. Bu şatafat Şeyhmus için bir zorunluluktu. Giyim kuşamına, yediğine içtiğine çok özen gösteriyordu. Tümü iş için, muhatabını etkilemek içindi. Gerisi çorap söküğü gibi geliyor, Şeyhmus tereyağından kıl çeker gibi iş bitiriyordu.

Simru çirkin ördek yavrusuyken, şimdi bir kuğuydu. Eskisinden daha güzeldi, kim görse etkileniyordu ondan. Simru aynaya baktığında kuğu görmüyordu, bir çirkin ördek yavrusu da görmüyordu. Bu üçüncü yüzüydü, eski yüzü, yanık yüzü ve şimdiki yüzü. Bu üç farklı yüz hâlâ yaşıyordu. Eski ve yanık yüzlerin hatıraları tümüyle silinmemişti ama günden güne soluyorlardı.

Simru neden özel asistan olarak Şeyhmus'un yanında çalıştığını ve neden yokluğunda onu temsil ettiğini anlamıştı. Simru sandığından daha güzeldi. İlk yurtdışı seyahati iki hafta sürmüştü. Her gün anne babasıyla konuşuyor, Ali'yle yazışarak haberleşiyor, ara sıra Hakan'la mesajlaşıyordu. Saksıdaki tohum filizlenmişti, Simru'nun ilk seyahati esnasında çiçek açtı. Annesi fotoğrafını çekip ona gönderdi. Simru'yu evinde taze açmış bir çiçek bekliyordu.

Çiçek koyu turuncuydu, alev rengiydi, itfaiyenin bahçesinde böyle bir renkle açmış çiçek yoktu. Ali'ye haber verdi. Çiçeğin fotoğrafını gönderdi. Buluşup sohbet ettiler. Onu çok özlemişti Simru. Her seyahatten sonra buluşuyorlardı. Simru o ülkeden o ülkeye, Ali yangından yangına koşuyordu. Simru gördüğü şehirleri, tanıdığı insanları hep heyecanla anlatıyordu. Ali'yle her buluşmalarında ilgisi biraz daha azalıyordu.

Simru hep başka başka şehirleri, başka başka insanları anlattığını sanıyordu ama aslında ona Şeyhmus'un şatafatlı iş hayatını anlatıyordu. Ali ise hayat kurtarmakla meşgul biriydi. Yuvası yanan, ocağı sönen, hayatı kararan insanlar vardı onun hayatında, ecel vardı, can derdine düşmüş hayvanlar vardı, renkli bir hayat değildi onunki.

O buluşmalardan birinde Simru yine Şeyhmus'tan konu açacakken Ali engelledi.

"Ben artık Şeyhmus'u dinlemek istemiyorum Simru."

"Özür dilerim Ali. Farkında olmadan hep iş konuşup seni sıkıyorum değil mi?"

"Hayır Simru. Sen iş konuşmuyorsun. Sen bana hep Şeyhmus'tan söz ediyorsun. Ben artık senden onu değil daha önceden söz verdiğin ve hep beklediğim şeyi anlatmanı istiyorum."

Simru şaşırmıştı. Daha önceden söz verdiği şeyi hatırlamaya çalışıyordu. Eğer aklına gelmezse gerçekten çok ayıp etmiş olacaktı Ali'ye. Fakat bir türlü hatırlayamıyordu.

"İnan şu iş mevzuları yüzünden kafam o kadar karışık ki... Ne için sana söz verdiğimi hatırlayamıyorum. Ve inan şu an çok üzgünüm."

Gerçekten de çok üzgündü Simru. Yüzü düşmüştü. Onun bu haline asla dayanamazdı Ali. Hemen hatırlattı.

"Kalamış Parkı'nda sana geçmişimi anlatmıştım. Ağlamıştık beraber ve sen de bir gün bana kendi çocukluğunu anlatacağına dair söz vermiştin. Şimdi hatırladın mı?"

"Ah! Tabii yaaa... Aptal kafam nasıl da unutmuşum."

"Estağfurullah. Kendine haksızlık etme. Aradan çok zaman geçti. Unutmuş olman normal. Ama alacaklı taraf kendim olunca unutmuyorum tabii..."

"O zaman sana bir teklifim olacak."

"Hımmm... Neymiş o?"

"Madem senin hikâyeni Kalamış Parkı'nda dinledim, sen de benim hikâyemi aynı yerde dinleyeceksin. Hatta aynı bankta oturacağız. O günkü gibi. Var mısın?"

"Kabul."

"Hadi o zaman gidelim."

***

Yarım saat sonra Kalamış Parkı'ndaydılar. O akşam oturdukları bankı buldular. Birer simit alıp özenle yerleştiler. Simitler yendikten sonra Simru anlatmaya başladı.

"Aslında çok güzel bir çocukluk geçirdim ben. Memur bir ailenin tek çocuğuydum. Adeta bir prenses gibi yetiştirildim. Bu yüzden çocukluğuma dair hep mutlu anlar aklımda. Çekirdek aile olarak hep mutlu bir tablonun içindeydik. Yazları üç ay boyunca Çınarcık'taki yazlığımızda olurduk. Amcamlar, dayımlar, teyzemler hep bize gelirdi. Yaz akşamlarımız çok eğlenceli geçerdi. Geriye dönüp baktığımda öyle aman aman bir mutsuzluğum olmadı. Ama biri öyle bir iz bıraktı ki bende..."

Sustu ve denize doğru baktı Simru. Ali de onunla birlikte denizi izlemeye başladı. Simru'nun bahsettiği kişinin kim olduğunu merak ediyordu. Aslında az çok tahmin edebiliyordu... Muhtemelen ilk aşkıydı...

"Kimdi sende bu derin izi bırakan kişi? Sanırım ilk aşkın?"

"Evet ilk aşkım. Çağrı. Çocukluk aşkımdı benim. Çınarcık'ta her yaz bir araya gelirdi ailelerimiz. Benden iki yaş büyüktü ama o kadar büyük gösteriyordu ki her gören aramızda yedi sekiz yaş fark olduğunu düşünüyordu. Duygularımız karşılıklıydı. Çocukluktan ergenliğe geçtiğimiz zaman başladı her şey. Birbirimize duygularımızı açtık ve o yazla birlikte aşkımız da başladı. Düşünsene ne zaman el ele tutuşsak o gün elimi yıkamazdım. Belki biraz kıskançtım. Yazlıktaki diğer komşularımızın kızlarıyla çok samimi olmasını istemezdim. Aslında o benden daha kıskançtı. Onun yüzünden birlikte büyüdüğümüz erkek arkadaşlarımızla bile aramıza sorunlar girdi. Ama ben onun için her şeye katlanmaya razıydım. Benim aşktaki ilk tecrübemdi Çağrı. Ama o benden önce bir iki kızla çıkmış ve bitirmişti. 'Olduğu kadar gerisi kader' derdi hep. Açıkçası biraz umursamaz bir tavrı vardı aşkta. Oysa benim için öyle değildi. Ve ona hep doğru olanı anlatmaya çalıştım. Beni değiştirmemeye çalışması gerektiğini, olduğum gibi kabul etmesini istedim. Ona 'Aşk, karşındakinin eksiklerini görmezden geliyorsa değil, onları kabul ediyorsa aşktır' dedim defalarca. Ama beni hiç anlamadı.

Her seferinde benim aşktan anlamadığımı söyledi. Neymiş efendim tecrübesizmişim... Kendisi benden önce aşklar yaşadı ya... Kendini aşkın efendisi zannediyordu beyefendi. Bir keresinde 'Sen aşka sahip olamazsın, aşk sahibini kendi seçer' dediğimde bana çok kızdı. 'Gerçek aşk savaş gibidir. Bana girmediğin bir savaşın yara izlerinden bahsetme' dedi. Ben de ona 'Aşk, cesur çarpışmaların sonucu değil nedenidir' dedim sustum. Çünkü onun en büyük eksiği sonucu düşünürken nedeni göz ardı etmesiydi. Ona, aşkın zehrini kendi içinde taşıdığını ve bir gün sonunun kendini sokan bir akrep gibi olabileceğini anlatıp durdum. Ve haklı çıktım."

Ali, büyük bir dikkatle dinliyordu. Ama aynı zamanda da uzaklara dalıp gidiyordu gözleri. Simru'nun o yaşlarda, hiç tecrübesi olmamasına rağmen yakaladığı aşka bakış açısına hayran kalmıştı. Söylediği sözler, kurduğu cümleler ve aşka yaklaşımı büyüklerin yıllanmış birikimlerinin ardından elde ettiği kazanımlar gibiydi. Demek ki aşk yaşta değil kalpteydi.

"Aslında çok şey değildi istediğim Ali."

"Neydi peki asıl dert?"

"Sanırım çok değil, doğru sevilmek."

"Neye göre doğru? Herkesin doğrusu birbirinden farklıdır Simru."

"Tabii ki bana göre doğru olanı istiyordum. Yani benim gibi sevmesini. Çünkü kadınlar nasıl sevilmek isterse öyle sever."

"Yerden göğe kadar haklısın Simru. Kadınlar nasıl sevilmek isterse öyle sever."

"Bazen hayalimizdeki insanla hayatımızdaki insan arasında birkaç gömlek fark olabiliyor işte."

"Böyle diyoruz ama bakalım biz hayalimizdeki insanın hayalindeki insan mıyız?"

"O da doğru. Bu insanın doğasında olan bir şey ama... Hep içimizdekini istemek... Yetimhanede annesiz büyüyen ama hep anne diye ağlayan çocuklar gibi..."

"İşte senin aşka yaklaşımın da böyle biliyor muydun? Yarım saattir bu sorunun peşindeydim ve cevabı kendin verdin."

"Ne dedim ben şimdi ya?"

"Yetimhanede büyüyen çocuğun anne diye ağlaması gibi bazı şeyler insanın doğasında var."

"Tamam işte ben de öyle dedim."

"Senin o yaşta aşka karşı bu bakış açısına sahip olman da, işte bu doğallıktan geliyor. Yani aşkı bilmek senin içinde var. Aradığım cevabı buldum işte. Akıl yaşta değil kalpteymiş."

"İlahi Ali. Öyle deme ama... Okuduğumuz kitapların da öğrenmemizde çok etkisi var. Biz Kaptan'ın kitaplarıyla, şiirleriyle büyümüş bir nesiliz nihayetinde..."

Simitleri bitmişti. Akşam serinliği yavaş yavaş kendini hissettiriyordu. Ali yine ceketini çıkardı ve Simru'nun omuzlarına bıraktı. Simru anlatmaya devam ediyordu.

"Keşke bir yaranın içinde açılan başka bir yara gibi olmasaydım onda. Keşke beni taşımak ona bu kadar ağır gelmeseydi. Keşke beni kendine alıştırıp, sonra kendimi onsuz bırakmasaydı. Keşke su verdiği çiçeğe küsen bir bahçıvan gibi olmasaydı... En doğru yaşamak istediği kişiye en büyük yanlışı yapmasaydı keşke... Gülüşü bıçak yarası gibi kalmasaydı içimde. Acı çekmek kordon bağının kesilmesiyle başlar ama o yaranın iyileşmesiyle bitmiyor işte. Hayat her zaman yeni yaralar açmak için pusuda bekliyor."

Simru, yalnızca o yangında değil, yangından çok daha önce tanışmıştı ateşle. İçine düştüğü aşk ateşi onu yakıp kavurmuştu besbelli. Ama bunu saklayacak ve göstermeyecek kadar da olgundu. Ali, bugüne kadar anlayamamıştı Simru'nun derinliğini... Güzel kadınlar sevmekten çok sevilmeyi bilirdi çünkü... Güzel kadınlar derin aşklar yaşayamazdı... Onlar acı çeken değil acı çektirenler kategorisindeydi Ali için... Simru'yu dinlerken ona olan hayranlığı bir kat daha artıyordu.

İçindeki derinliği keşfediyordu. Bilmediği sularda yüzüyordu. Sanki bir hikâye değil, bir şiir dinliyordu.

"Kimseye benzemediği için sevdiğine sarılanların, herkese benzediği için sevdiğinden ayrılmaları ne acı. Ben de işte böylesi bir kopuş yaşadım Ali. Hiç kimseye benzemediği için sevdiğim adamı herkese benzemeye başladığı için terk etmek zorunda kaldım. 'Kalmalarım sana ne verdi ki gidişim senden bir şey alsın...' diyerek sarıldım ona. Sarıldım ve terk ettim onu. 'İçimde o kadar çok sen kaldı ki göme göme bitiremeyecekler beni' dedim ve bir daha sarıldım. Sonra gözlerine baktım ve son sözümü söyledim. 'Aldattığın için değil, kimseyi aldatmaman gerektiğini öğrenmen için seni terk ediyorum' dedim."

"Demek senin gibi birini aldattı?"

"O beni aldatmadı aslında."

"Nasıl yani?"

"Ben ona aldandım."

"Haklı olabilirsin Simru."

"Bunu kimseye anlatamazdım. Çünkü benden başka kimse Çağrı'nın beni aldattığını daha doğrusu benim ona aldandığımı bilmiyordu. Onu ifşa etmeyi de istemedim. Sessizce terk ettim ve kimseye bir şey söylemedim. Çünkü anlamayacaklarını biliyordum. Kimsenin seni anlamayacağını bilerek yaşamak ne kadar zordur bilir misin? Kimsenin seni anlamayacağını bilmek ve bilerek onu seçmek..."

"Keşke anlatsaydın birilerine. Hadi dostlarına anlatmıyorsun bari düşmanlarına anlatsaydın. O zaman belki saygı duyarak nefret ederlerdi..."

"Benim düşmanım hiç olmadı Ali. İnsanın sevdiğinden aldığı yara düşmanın açacağı yaradan çok daha ağır değil midir zaten?"

"Evet. Çok daha ağırdır. Peki hiç mi korkmadın seni bekleyen karanlıktan?"

"Kaybedecek bir aydınlığın yoksa karanlıktan da korkmazsın."

Ali içinden *of be ne söz* diye geçirdi. Ve bir şeyi daha fark etti. Bunca zaman konuşmalarında Ali hep anlatan, Simru ise dinleyen pozisyonundaydı. Ali ilk defa bu kadar uzun dinlemişti kızı. Daha doğrusu Simru ilk defa duygularını ve aşka bakışını, hatta hatta ihanete uğrayışını bu kadar açık ve net dile getiriyordu. Kullandığı cümleler yaşını aşan cümlelerdi. Ali buna hem şaşırıyor hem de hayranlıkla dinliyordu.

"Neyse ki yalnız değilsin şimdi. Yalnızlığını anlatacağın biri varsa yanında çok da yalnız sayılmazsın en azından..."

"Beni dinliyor ve anlıyorsun Ali. Bu benim için çok önemli. Derdini anlatmak bir yana anlatamamak öbür yana. İkisinin de birbirinden farklı acısı var. Neyse ki ben anlatabiliyorum. Demek ki hâlâ umut var. Küçükken kendime söylediğim bir sözüm vardı umuda dair. O sözü kendim için yazmıştım. Duymak ister misin?"

"Sence?"

"Peki. 'Sen dallarını uzat uzatabildiğin kadar. Elbet bir gün bir kuş oraya kurulur. Sen kollarını açık tut elbet sarılacak biri bulunur.' Çok küçüktüm bunu yazdığımda. Belki sana çocuksu gelebilir ama ben umutlarım kırıldığında, 'Yarına umudum yok, ben hâlâ dünün gerisindeyim' dediğimde hep böyle söylerdim kendime."

"Bence hiç de çocuksu değil. Keşke çocuksuluk denen şeyi hiç yitirmese insan."

"Böyle bir ihanete verebileceğim tek cevap onu unutmak olacaktı. Ben de öyle yaptım. Onu, unutarak yendim. Ve şunu öğrendim ki bazı insanlar aşkı yaşamak için değil, harcamak için arıyor. Belki doğru aşkı bulamıyorum ama onlarca yanlış biliyorum artık. Bu tecrübeler yolumu aydınlatıyor."

"Peki pişman oldu mu Çağrı? Geri dönmek istedi mi?"

"Oldu. Hatta kalbim kalbini çağırıyordu ama aklım gelmesin diyordu. Benim aslında bir melek kadar iyi bir insan olduğumu ve kendisini affedebileceğimi bile söyledi.

Belki düşündüğü gibi bir melek olabilirim ama ben birinin yüzüne kapılarımı açmak için kapatmam. Kanatlarımı kırmışsa benden melek olmamı beklemeyecek!"

"Çok haklısın. Bu sözün üstüne söylenecek hiçbir şey olamaz. Birinin hem kanatlarını kıracaksın hem de ondan hâlâ melek olmasını bekleyeceksin... Olacak iş değil. Seni de üzdü bu konu biliyorum. İstersen kapatalım."

"Kapatalım ama müsaade et son kez içimdekileri dökeyim ve öyle kapatalım olur mu?"

"Tamam Simru. Nasıl istersen..."

Simru'nun gözlerinde acıdan çok keder vardı. Anlatmak için derin bir nefes alıp Ali'nin gözlerine baktı. Söyleyecekleri belki de bir iç dökümü olacaktı. İçinde kabaran denize rağmen sesindeki sakinlikle devam etti sözlerine...

"Tuhaf bir intihardı bu... Kendimi onunla öldürüyordum. Aşkın kitabında böyle bir şey yazar mıydı ki? Zaten aşkın kitabı falan da yoktu. O, kalbe yazılırdı. Hangi yaramdan girmişti içeri bilmiyorum. Hangi eksiğimi tamamlıyordu, içimde onca fazlalık varken... Bir kendini bilmezdim artık, onda kaybolmayı öğrendim öğreneli... Onun yolları yürümek için değil, kaybolmak içindi sanki. Bir sokağa girsem bin sokağa çıkıyordum her seferinde. Kaybolmak da değildi aslında. Yitirmekti... En lazım olanı, en lazım olan yerde yitirmekti. Güvendiğimi, cennetim dediğimi yitirmekti... İnsanın cennetim dediğini yitirmesi içindeki cehennemin başlangıcıdır.

En kötüsü de neydi biliyor musun? Onun gözlerine bakıp bakıp kendi acımı görmek... Kendi acımdan yola çıkıp yine kendime acımak. Ben kendi yolumu onun gözlerindeki ışıkla aydınlatıyordum çünkü... Belki de gözlerindeki ışık, kalbindeki karanlığı görmemi engelledi bilmiyorum. Kalbi kirli ve karanlık birinin kurduğu temiz cümlelere inanmaktı hatam. Keşke kalp kırılan değil, bükülen bir şey olsaydı. O zaman daha kolay olurdu eski haline gelmesi.

O kadar değişmişti ki son zamanlarda artık tanıyamıyordum onu. Eskisi gibi bakmıyordu bana. Eskisi gibi sevmiyordu beni. Aldatıldığımı o an anlamalıydım ama aşk gözüme perde indirmişti sanki. Doğruyu yanlış, yanlışı doğru görüyordum. Bir gün ona 'Eski sen değilsin ama yenisi de olamamışsın' dedim durup dururken. Hiçbir şey anlamadı. Sadece güldü. Sonra tartışmalar başladı. Bu aşka yazık etme dedim. Çok emek verdik dedim. Günlerce yağan kar bembeyaz ve pürüzsüz bir örtü gibidir ama hükmü beş dakikalık bir yağmurla biter. Yazık olur emeklerimize dedim. Çok ağladım. Sadece bir kere sordu neden ağladığımı. Acı acı gülümsedim o zaman 'Bir kızın akıttığı gözyaşı karşısındakine söyleyemediği her şeydir' dedim ve sustum. Suskunluğum, söyleyeceklerim tükendi diye değil söylediklerim boşa gittiği içindi. Sustuğum için beni suçladığında kızmadım ona. O an konuşsam da anlamayacaktı ve ben o zaman Çağrı'dan çok kendime kızacaktım. Sevgi anlayışı kendinden öteye geçmeyen birini sevmiştim. Ve ne yazık ki bunu anladığımda iş işten geçmişti.

İnsanın sevdiğine bakınca kendini görmesi ama ona doğru yola çıktıkça onda kendini bulamaması ne acıdır bilir misin? Kendini ararken onda kayboluyorsun, onu bulduğunda kendini kaybediyorsun. Öyle garip bir son ki bu, başladığın yer bitişin oluyor. 'Ah aşk...' diyorsun sonra. 'Bazen olmazı olduruyorsun, bazen de açmışı solduruyorsun.'

Sonra bir süre kendine gelemiyorsun. Aldatılmanın ağrısı asılıyor boynuna. Ne yapacağını bilemiyorsun. İçinden atman gerekenleri içinde çürütüyorsun. Zaman zaman kendini suçluyorsun. 'Sorun aldatılmak değil aslında. Sorun, benim güven denen duyguyu yanlış kullanmam.' İşte böyle düşününce kendini suçluyor insan. Suçu o işlese de cezayı sen kendine kesiyorsun. Kafan o kadar karışıyor ki tüm ilişkiyi baştan sona sorguluyorsun. Acaba ben nerede hata yaptım diyorsun. Çok düşündüm inan bunu. Ve en sonunda asıl büyük hatayı benim yaptığıma karar verdim. Nasıl mı? Bak anlatayım... Ona ulaşabilmek için kendimi ulaşılmaz biriymiş gibi gösterdim. İnsan ulaşamadığının peşinde koşarmış ya hah! İşte tam da öyle olsun istedim. Öyle de oldu. O bana ulaşamadıkça gözünde büyüdüm. Devleştim adeta. İşte tam zamanıydı. Artık amacıma ulaşmama son bir adım kalmıştı. Ve sonunda o ulaşılmaz olan 'beni' ona kendi ellerimle sundum. Bir an şaşkına döndü. Çok mutlu oldu. Peşimde koşup dururken, birden beni kendine altın tepside sunulmuş buldu. Sonra zamanla alıştı buna. Her şeye alıştı. Benim onu sevmeme alıştı. Benim ona alışmama alıştı. Ona değer vermeme alıştı. İstemediği hiçbir duyguyu ona tattırmadım. İstemediği hiçbir davranışı ona karşı sergilemedim. Ve sonunda onu şaşırtmamaya başladım.

Peşinden koştuğu değil, elinin altında olandım artık. Ve anladı. Aşkın ne olduğunu değil ne olmadığını anladı. Âşık olduğu şey ben değildim. Benim ulaşılmazlığımdı. Ulaşılmazlık üstüne oturttuğun bir aşkın sonu kavuşmayla biterse aşk da aynı hızla bitmeye başlıyor. Uzağındayken gözünde büyüttüğün, gözünün önündeyken küçülüyor. Hayır! O an hayatın sırrı bulunmuyor, sadece sihir kayboluyor... Göz ardı edilen kusurlar yavaş yavaş göze batmaya başlıyor. Karşısındakinden başkasını görmeyen göz, yavaş yavaş etraftaki 'diğerlerini' fark etmeye başlıyor. Ortada bir kusur yoksa yeni kusurlar yaratılıyor. Önemsiz şeyler kavgaya dönüşüyor, alınan değerle verilen değer birbirini tamamlamıyor. Bir zamanlar ruhunu okşayan kelimelerin, artık kalbine batmaya başlıyor.

Bakmaya kıyamadığına kıyabiliyormuş insan. Sen aşkın tam da o noktada bitmeye başladığını fark ediyorsun ama bilmiyorsun, aşk bitmez, kendine yakıştıramadığını terk eder. Gitmekle kalmak arasında düşünüp dururken anlıyorsun, gitmek değil, kalmak aceleye gelmez bazen... Ben kalmakta acele etmişim, gitmekte değil... Eğer acılarımı seçebilme şansım olsaydı, yanlış bir kalpte çoğalmaktansa doğru bir kalpte yalnız kalmayı tercih ederdim. Sonra korkma dedim kendi kendime korkma! Ayrılınca ölmüyorsun. Bir süre ölür gibi yaşıyorsun. Az biraz ölür gibi ağlıyorsun ama ölmüyorsun. Yanılgım ona varlığımı sunmak değil, onda var olduğumu sanmaktı. Beni yıkan sevmemesi değil, sevecekmiş gibi bakmasıydı. Umutsuz kalmama sebep olan umudun bitmesi değil, hep varmış gibi durmasıydı. Ama hepsi geride kaldı şimdi. Doğru bir ayrılık yanlış bir birliktelikten daha doğrudur deyip terk ettim onu. 'Kaybettiğimiz halde bir gün döneceğine inandığımız insanlar vardır. Ansızın kalbimize misafir oluveren ve hiç ummadığımız bir anda içimizden çıkıp giden... İşte bu yüzden sevmek bize kaybetmeyi de öğretir. Biz yolcu etmiş olmasak bile onlar bizim gidenlerimizdir...' diye başlayan bir yazı yazdım gizli defterime ve o defterin kapağıyla birlikte kapattım o sayfayı. Meğer dikenli bir telmiş, kalbimde aşk diye taşıdığım... Hayat böyle be Ali, istediğini yaşayamayınca insan yaşadığını istemek zorunda kalıyor. Düşünsene, bir insan 'Sen benim geleceğimsin' dediği birini nasıl geçmişi yapar? Ama yapmak zorundaydım. Geleceğimi inşa etmek için onu geçmişe gömmeliydim. Boş ver! Kiminin ederi konuşulur kiminin gideri.

Yani aslında olan şu: Ben onu dizelerime şiir ettim ama o şairini unuttu... Midemde uçuşan kelebeklerin katili şimdi."

Uzun bir filmin sonuna gelmiş gibi hissetti Ali. Simru ağlıyordu. Eliyle gözündeki yaşları sildi. "Ağlamak sende güzel durmuyor" dedi.

"Acı anılar insanın gözüne kaçınca ağlatıyor işte."

"Hadi kalkalım. Geçmişi değiştiremezsin ama bundan sonra iyi bir geçmiş için doğru bir başlangıç yapabilirsin."

# 11

Simru yeni hayatına alışmış, Şeyhmus'un iş temposuna ayak uydurmuştu. Birkaç kere yalnız seyahat etti. Temsilen gittiği için çok heyecanlıydı. Saat başı Şeyhmus'la telefonlaştı, onun söylediği gibi hareket etti. Hatta önemli bir iş toplantısında iki kere güya makyaj için masadan kalktı, Şeyhmus'la konuştu ve masaya döndü, öyle anlaştı. Bu seyahatlerden gurur ve güçlenmiş bir özgüvenle döndü. Aylar boyunca Şeyhmus'la birlikte o kadar vakit geçirmişti ki, içini dışını biliyordu artık. Sadece bir şey aklını çok kurcalıyordu. Bu zengin ve yakışıklı adamın peşinde koşan o kadar çok kadın vardı ki, neden evlenmediğini ya da bir sevgilisi olmadığını merak etmiş ama hiç sormamıştı. Kemal evcimen biriydi, Şeyhmus öyle değildi, tam bir işkolikti. Bütün özelliklerini iş hayatına döken biriydi. Sanki özel hayatı yok gibiydi.

Sadece Barselona'ya gittiklerinde, çok eskiden beri tanıdıkları Katalan asilzadesi bir işkadını Kemal'i sormuş, daha sonra Şeyhmus'a "Sen de Kemal gibi evlenip, aile kurmayı düşünmüyor musun?" diye sormuştu.

Şeyhmus buna "Gerçek aşkı bulursam evleneceğim" yanıtını vermişti.

Kadın ona "Peki gerçek aşk ne?" diye sormuştu.

Şeyhmus "Ben de bilmiyorum. Bulursam söylerim" demiş, sonra Simru'ya "Sen biliyor musun?" diye sormuştu.

Simru da bilmiyordu. "Herhalde canından çok sevmektir" demişti.

Bunun üstüne Şeyhmus "Kemal çocuklarını canından çok sevdiğini söylüyor. Gerçek aşk o mu sence?" diye sormuştu.

Simru yanıt veremedi ama çocuk sevgisinin gerçek aşk olduğunu söyleyemezdi.

***

Simru bu konuşmadan yaklaşık üç ay sonra, çok sıcak bir yaz gününde Büyükada'ya gitti, hafta sonunu orada geçirdi. O kadar sıcaktı ki, bütün gün otel odasında kaldı. Akşam güneş batana kadar balkona bile çıkmadı. Pazartesi şirkette Şeyhmus'a hafta sonu sıcaktan bunaldığını söyledi. Bu yüzden toplantıya yeterince hazır hissetmiyordu, bilançoları ve kampanya organizasyonlarını iyi inceleyememişti.

Şeyhmus "Bence senin iyi bir tatile ihtiyacın var. Benim de var. Gel biz bu toplantıyı bir hafta erteleyelim, güzel bir tatil yapıp dinlenelim, orada hazırlanır dönersin" dedi.

"Nereye gideceğiz?"

"Serin bir yere. Hemen eve git, bavulunu hazırla. Havaalanında buluşalım."

Simru dediği gibi yaptı. Annesi öğlen geldiği için şaşırdı. Simru "Akşam yemeğine ben yokum. Tatile gidiyorum" dedi.

"Nereye gidiyorsun? Nerede tatil yapacaksın?"

"Bilmiyorum anne. Babama selam söylersin. Onu öp benim için."

Simru apar topar hazırlandı ve doğru havaalanına gitti. Şeyhmus ondan önce gelmişti. Bu işkolik adamın birden tatil yapmaya karar vermesine, tatile bile iş hızıyla çıkmasına şaşmış kalmıştı. Birlikte İsviçre Alpleri'ne gittiler. Şeyhmus'un orada dağ evi vardı. Simru'ya keyfine göre davranmasını söyledi.

"Şimdi tatildeyiz, patron ve asistanı değil, arkadaşız" dedi.

Alpler serindi, Simru'ya iyi gelmiş, kafası açılmıştı. Şeyhmus hiç iş konuşmuyordu, Simru iş konusu açarsa hemen kapatıyordu.

Baş başa otururlarken Şeyhmus "Simru, ben gerçek aşkı buldum" dedi.

Simru onun birdenbire bunu söylemesine şaşırdı kaldı. Anlatacağını sandı ama Şeyhmus başka bir şey söylemedi. Simru suskun kalınca, Şeyhmus mecburen söze devam etti.

Barselona'daki o kısa sohbeti hatırlattı. "Gerçek aşkı bulursam söylerim demiştim. Sonunda buldum" dedi.

Simru "Ne peki?" diye sordu.

Şeyhmus "Sensin Simru" dedi.

Sonra ona evlenme teklif etti. Şeyhmus hemen bir yanıt alacağını sanıyordu ama Simru "Düşünmek istiyorum" diye karşılık verdi. Böyle söyledi ama teklife sevinmişti. Ondan çok etkilenmiş, onunla birlikte vakit geçirmekten hep keyif almıştı. Onunla yaşamak hep bu kadar güzel olabilirdi. Belki bir yuva kurmak, çocuk yapmak daha güzel olurdu. Fakat içine bir kurt düşmüştü. Bu yüzden "Düşünmek istiyorum" demişti. Şeyhmus tam hayalindeki erkekti ama ondan yirmi yaş büyüktü. Acaba annesiyle babası ne derdi? Evlenseler bile, zamanla bu yaş farkı sorun olur muydu? Hiç bilemiyordu.

***

Simru İstanbul'a dönünce konuyu önce annesine açtı. Olduğu gibi anlattı. Annesi bu habere çok sevindi. "İstiyorsan, evlen tabii kızım" dedi. Simru buna hiç şaşırmadı. Tam da beklediği gibiydi. Zaten annesi öyle biriyle evlenmesini, renkli bir hayat sürmesini istedi en başından beri. Babası da "Senin mutluluğun önemli kızım. Biz daima yanındayız. Ama sen iyi düşün taşın, öyle karar ver" dedi.

"Neden böyle söylüyorsun babacığım? Sence doğru bir karar olmaz mı?"

"Yaş farkı önemli değil kızım. Sevip saydıktan sonra, anlaşabildikten sonra, hiçbir şey önemli değil. Sadece acele karar verme. Biz annenle iki yıl nişanlı kaldık. Sonra hep güldük buna. Niye o kadar bekledik ki biz dedik ama doğru yapmıştık."

"Neden baba?"

"Çünkü o arada küstük birbirimize. Evlilik hayatında küslük de olur. Biz annenle çok tartıştık, çok küstük. Ama hep güzellikle barıştık. Aynı konuyu bir daha açmadık. O yüzden bunca yıldır gül gibi geçiniyoruz. İyi günde herkes iyidir, kötü günler mutlaka olur. Kim olursa olsun, ne olursa olsun, herkesin kötü günü olur. Bu yüzden iyi düşün taşın dedim. Sadece iyi yanlarına bakma, kötü günleri de düşün. Zor günlerinde onun yanında olacak mısın? O da senin yanında olacak mı? Bunlar önemli."

"Anladım baba. Düşüneceğim."

***

Simru bunları düşünüp taşındı. Bu konuda danışabileceği tek bir dostu vardı. O da Ali'ydi. Onu aradı ama yanıt gelmedi. Yine yangındadır diye düşündü. İki gün onu aradı, sonra mesaj attı. Ali hastanede olduğunu belirten kısa bir yanıt yazdı. Simru hemen yanına gitti. Bir çocuğu yangından kurtarmak için eve girmiş, dumandan zehirlenmişti. Doktor hayati bir tehlike olmadığını söyledi. Ali konuşmakta zorlanıyordu. "Birkaç güne açılır" dedi doktor. Simru onun elini tuttu, şifa diledi. Güzel şeyler anlattı. Ziyareti kısa kesmek istedi. "İtalya'ya gidip geleceğim. Ben dönene kadar iyileş. Sohbetini çok özledim" dedi. Sonra gitti. Ali bu haldeyken ona danışamazdı. Kararı kendi verecekti.

İtalya seyahatine çıkmadan bir yanıt vermeliydi. Yoksa iş seyahati gergin geçebilirdi.

***

Şeyhmus'a evet dedi. Sonra babasının söylediklerini aktardı. "Biz de uzun bir süre nişanlı kalalım."

"Beni tanıyorsun Simru. Ben tez canlı bir adamım. Ayrıca kırk üç yaşındayım. Ben o kadar bekleyemem."

Simru çok genç ve saftı. "Ama kötü günde nasıl olacak, bilmeliyiz" dedi.

"Ne yani? Bunun için iflas mı edeyim?"

Tatlı tatlı güldüler. Şeyhmus başarılı bir işadamı olduğu için zor gün deyince aklına ilk olarak iflas geliyordu. Simru içinse zor gün demek, yangın demekti.

Şeyhmus "Nişanı hemen yapalım. Süresine nişanlıyken bakarız" dedi.

Simru bunu kabul etti. Sonra annesiyle babasına açtı. Şeyhmus tanışmak istiyordu. Hem de hemen!

Şeyhmus mütevazı davrandı ve onları ziyarete gitti. Malikânesine çağırmak gibi bir kabalık da yapabilirdi. Gelenek görenekleri pek umursamayan biriydi. İş hayatındaki becerisini, onlarla tanışırken de gösterdi. Annesiyle babası anlamayabilirdi ama Simru bunu şıp diye anlamıştı tabii. Onu hiç rahatsız etmedi, çünkü Şeyhmus'un en beğendiği yönüydü bu. İnsanı etkilemeyi, ikna etmeyi iyi biliyordu, hiç zorlanmadan, insanı zorlamadan yapabiliyordu. Buradan bakınca onunla hayat zor geçmezdi fakat Şeyhmus istediğini elde edemezse tekrar tekrar deneyen, ille de kazanmak isteyen biriydi. Aralarında bir anlaşmazlık olursa, hiç Simru'nun huyuna suyuna gidecek biri değildi. Ancak en önemlisi, Simru'nun babası sekiz yaş büyüktü Şeyhmus'tan. Simru ikisine bakıyor, karşılaştırıyordu. Şeyhmus yaşından daha genç gösteriyordu ama mesele nasıl göründüğü değil, nasıl olduğuydu. Şeyhmus babasıyla sohbet ederken, onları tartıyordu. İçinde hâlâ bir kurt vardı.

Şeyhmus tez canlılığını sevimli göstermeyi başardı ve onları hemen nişan yapmaya ikna etti. İtalya seyahatine el ele gittiler. Şeyhmus iş toplantılarında hiçbir değişkenlik göstermedi ama baş başalarken çok romantikti. Aradaki yaş farkı Simru'nun gözünde eriyordu.

***

İtalya'dan döner dönmez nişan hazırlığına giriştiler. Şeyhmus "İstediğin gibi organize et Simru. Kristal Kürc artık biraz da senin sayılır" dedi.

Simru odasına gitti. Sekreterine Zerrin'i çağırmasını söyledi. Zerrin iki dakika sonra geldi. Simru "Biz Şeyhmus'la nişanlanıyoruz. Nişanı siz organize edin" dedi. Ona öyle bir baktı ki, gözlerinden çıkan kıvılcımı kendisi de hissetti. Nitekim Zerrin gık diyemedi. "Biz davetlilerin listesini size veririz. Gerisini siz hallledersiniz. En küçük kusur istemiyorum. Her şey mükemmel olsun."

Zerrin "Peki Simru Hanım" dedi ve çıktı.

Simru hırsı geçene kadar hiçbir şey yapmadı. Birkaç dakika boş boş oturdu. Birden Ali geldi aklına. Onu aradı. Halini hatırını sordu. Ali iyileşmişti. Sesi iyi geliyordu. Henüz işine dönmemişti, iki gün daha izni vardı.

Simru "Hemen buluşalım. Sana anlatacaklarım var" dedi.

Şeyhmus'a çıkacağını söyledi ve buluşmaya gitti.

***

Simru onun nişan haberine sevineceğini sanmıştı. Fakat Ali davetini geri çevirdi. "Kusura bakma Simru, ben gelemem" dedi.

Simru bunu hiç beklemiyordu. "Neden Ali?" diye sordu.

Ali "Sorma bari" dedi. Yanık kâğıdı çıkardı. "Al bunu, benden sana nişan hediyesi olsun."

Simru anlamıştı. Ali ona âşıktı. "Alamam" dedi.

"Al lütfen Simru. Artık bende kalmasın. Sana mutluluklar dilerim."

Kâğıdı masaya bıraktı ve gitti.

Simru'nun gözleri doldu. Dokunsan ağlayacak gibi oldu. Ali'nin arkasından bakarken yangın esnasında alevlerin yüzüne çarptığı anı yeniden yaşadı. Bir daha yandı. Masadaki yanık kâğıda baktı. Onu açıp bir daha okudu: "SU NEDEN YANMAZ?"

O sırada ilginç bir tesadüf oldu. Buna tevafuk demeliydi. Simru'nun telefonu çalmaya başladı. Arayan numarayı tanımıyordu. Canı o kadar sıkılmıştı ki, hiç kimseyle konuşmak istemiyordu. Fakat önemli olabileceğini düşündü. Bu yüzden yanıt verdi. Ceyhun'du onu arayan.

"Sekreterime not bırakmışsınız" dedi.

Simru elinde kâğıdı tutarken Ceyhun'un aramasının tesadüf olmadığını anladı. Ona soruyu hatırlattı.

"Ben galiba yanıtını biliyorum ama bana bu soruyu neden sorduğunuzu anlamadım hâlâ" dedi. "İnanır mısınız bilmem, şu an o kâğıdı elimde tutuyorum. Başıma neler neler geldi bilseniz."

Ceyhun "Gel de anlat öyleyse" dedi.

# 12

Simru hemen Elmas Fotoğraf Stüdyosu'na gitti. Ceyhun onu bekliyordu. Fotoğraf sanatçısı olmanın verdiği görsel hafızadan olsa gerek, Simru'yu görür görmez tanıdı. İlk tepkisi çok ilginç oldu.

"Gözlerin hiç değişmemiş" dedi.

Simru "Gerisi tamamen değişti" diye karşılık verdi.

Ceyhun "Gel otur, anlat bakalım. Bu nasıl oldu?" diye sordu.

Simru yangından başlayıp, o güne kadar olan biten her şeyi anlattı. Ceyhun ilgiyle dinliyordu. Hiç kesmedi sözünü. Simru sözünü bitirince, Ceyhun ona "Gel sana dünyayı neden gezdiğimi göstereyim" dedi.

Birlikte Ceyhun'un odasına gittiler. Ceyhun ona çektiği fotoğrafları göstermeye başladı. Yan yana iki karede aynı kadının iki farklı fotoğrafı vardı. Bütün fotoğraflar bu şekildeydi. Dünyanın birçok ülkesinde, daha fazla şehrinde, kasabasında, köyünde, dağ başında, deniz kıyısında, ormanda çekilmiş fotoğraflardı bunlar.

Ceyhun bütün dünyayı gezip, sadece kadınların fotoğraflarını çekmişti. Yaşlı ya da genç kadınların ya da kız çocuklarının fotoğraflarını. Önce fotoğraf için poz vermesini istemiş, sonra çok güzel olduğunu söylemiş ve bunu işittiği o anı çekmişti. Güzel kadınlar da vardı, çirkin kadınlar da vardı. Köylü kadınlar da vardı, kentli kadınlar da vardı. Mutlu kadınlar da vardı, üzgün kadınlar da vardı. Modern kadınlar da vardı, yöresel kadınlar da vardı. Hepsi de, güzel olduklarını işittiğinde gülmüş, gülümsemişlerdi. Hele bazıları vardı ki kahkaha atmışlardı. Hepsi de mutlu olmuştu, çok belliydi. Güzel de olsa, çirkin de olsa, her kadın güzel olduğunu işittiği an daha güzeldi.

Ceyhun "Ben kadınların değil, güzelliğin fotoğraflarını çektim" dedi. "Kadınları bu kadar güzel yapan, onların güzelliğe verdikleri değer. Güzel olduğunu hisseden her kadın güzeldir."

Simru "Çok güzel bir proje bu. Çok etkilendim. Sizi tebrik ederim" dedi.

Ceyhun "İkimiz apayrı yollardan aynı şeyin peşine düşmüşüz meğer. Sen de ben de güzelliğin peşinden gitmişiz. Ben aradığımı buldum. Sen buldun mu?" diye sordu.

Simru "Bilmiyorum. Galiba bulamadım" dedi. "Ben saklı ve yeri değişmez olanı bir türlü bulamadım. Belki siz söylersiniz diye arayıp sordum."

Ceyhun incecik, çok zarif bir kahkaha attı.

"Güzellik tabii ki..." dedi vurgulayarak.

Simru "Nasıl? Anlayamadım?" diye sordu.

"İnsan hep güzelliğin peşindedir. Bak ben bu yaşımda bütün dünyayı sırf bunun için gezdim. İşimi en iyi şekilde ve layıkıyla yapmaya çalıştım. Yeteneklerimi en verimli ve en doğru şekilde kullanmaya çalışıp bir yerlere geldim. Ama bir yerlere gelmek orada ilelebet kalmak değildir. Bunu için karakter gerekir. Yeteneklerin seni bir yere getirse de orada kalmanı sağlayan şey karakterindir Simru bunu unutma. Herkes bu yolda kaybolur, ben kaybolmadım, çünkü ne aradığımı iyi biliyordum. Kendini bulmak yetmez, kendindeki güzelliği de bulacaksın ki, gerisini def etmek için bir pusulan olsun. İnsan kendisindeki güzelliği bulamadıkça ziyandadır."

"Ne mutlu size. Belli ki siz bulmuşsunuz."

"Buldum tabii ama nasıl buldum? Başkalarında buldum. Bu fotoğrafların hepsinde benim güzelliğim var. Kim olduğuna, ne olduğuna, yaşına başına hiç bakmadan bir kadına içtenlikle güzel olduğunu söyleyebilmek benim güzelliğim. İşte fotoğraflarda sabit. Görüyorsun, bir anda nasıl güzelleşiyorlar. Bu benim güzelliğim.

Hepsinde başka bir güzellik beliriyor ama kaynak hep aynı. Güzellik baktığında değil, senin bakışındadır Simru. Göz kendini görmez, güzelliğini ancak başkasında görürsün. Yeri değişmez, çünkü kalptedir, kalbinden bakışına yansır. Senden bile saklıdır, çünkü başkasında ortaya çıkar o. Güzellik geçer ama başkasına geçer."

Ceyhun'un son sözünde Simru ürperdi. Çünkü bunu Ali de söylemişti.

"Peki ya sizin çektiğiniz fotoğraflarım? Hani, onlarda değil mi benim saklı ve yeri değişmez yanım?"

"Tıpkısı olmuşsun Simru. Başına fena bir kaza gelmiş ama sonra tıpkısı olmuşsun. Ben sendeki güzelliğin fotoğrafını çekmek istemiştim, demek ki başarmışım. Bir pusula olmuş sana. Şimdi eskisinden daha güzelsin. Ama bunu tek başına mı yaptın? Doktorun mu yaptı?"

Simru sayıklar gibi "Ali" dedi.

Ceyhun "Efendim?" dyerek baktı onun gözlerine.

"Şey... Ali dedim. Ağzımdan kaçtı."

"Emin misin ağzından kaçtığına? İsmi kalbinden çıkmış olmasın?"

"Galiba öyle. Kalbimden çıktı."

"Bana başından geçenleri anlatırken, her dileğim birdenbire gerçekleşmişti, bir de aşk diledim, ama her şey yandı kül oldu demiştin."

"Evet."

"O gece Ali gelip seni kurtardı. Son dileğin de gerçekleşmişti belki de. Ne dersin?"

"Anlamadım?"

"Bence anladın. Sadece emin olmak için bir de benden duymak istiyorsun. Ali sana âşık, eğer sen de ona âşıksan, son dileğin de o gece gerçekleşti. Aradığın aşkı buldun ama bu kez de güzelliğin eksikti. Ali tamamladı onu."

Simru'nun gözleri doldu. Hiçbir şey söylemedi.

Ceyhun "Sorumun yanıtını öğrendiğini söyledin. Neymiş peki Simru? Su neden yanmaz?" diye devam etti.

Simru "Çünkü su aslında küldür" dedi.

Ceyhun gülümseyerek başını salladı, yanıtı doğruladı.

Simru aynen Ali'nin söylediklerini aktardı. "Su molekülü iki hidrojen ve bir oksijen atomundan oluşur. İki hidrojen oksitlenerek birleşir. Oksitlenme dediğimiz de bir yanma tepkimesidir. İki hidrojen ve oksijen birleşerek su olur. Yani oksijen, iki hidrojeni yakar ve üçü birleşir. Hidrojenler yanarak birleşir ve kendilerini yakanla da bir olurlar."

Ceyhun "İşte aşk budur Simru" dedi. "Aşk iki insanı yakarak birleştirir ve iki âşık, onları yakan aşkla bir olurlar. İki âşık birlikteyken hiçbir şey onları yakmaz. Çünkü ikisi de küldür. Kendinde saklı ve yeri değişmez olanı âşık olmadan bilemezsin. Onu güzellik buldurur sana."

"İyi ki beni aradınız. Bana gerçek aşkı anlattınız."

"Aşk ve güzellik birbirinden ayrılmaz Simru. İki tür aşk ve iki tür güzellik vardır. Biri gerçektir, diğeri sahtedir. Sahte güzellik gelip geçer, gerçek güzellikse senden başkasına geçer, onda saklı kalır. Gel ben sana çok güzel bir kadının fotoğraflarını göstereyim Simru. Belki de aranızdaki benzerliğe şaşarsın."

Odadan çıktılar. Ceyhun stüdyonun duvarlarındaki eski yıldızlardan birini gösterdi Simru'ya.

"Bu kadını tanıyor musun?" diye sordu.

Simru "Hayır" dedi.

"Alev Yalım ismini hiç duymadın mı?"

Simru biraz düşündü. Başını iki yana salladı.

"Duydum ama kim olduğunu bilmiyorum."

"Eski bir tiyatro yıldızı. Birkaç filmi de vardır. Bizim eski güzellik kraliçelerimizden biriydi. Çok güzel bir kadındı, bak sen ona benziyorsun."

Simru gerçekten biraz şaşırmıştı. "Evet, benziyoruz" dedi.

"Bu fotoğrafları babam çekti. Babam ona hayrandı. Çok güzel bir kadındı. O da kendisine hayrandı, daha doğrusu güzelliğine hayrandı. Estetik ameliyat denince ilk akla gelen isim Ajda Pekkan'dır ama Alev Yalım ondan daha eskidir. Alev Yalım'ın şöhreti o kadar uzun ömürlü olmadı. Alev Yalım güzelliğini kaybetmemek için o kadar sık estetik ameliyat oldu ki, yaşlandıkça daha fazla makyaj yapması gerekiyordu. Saatler sürerdi bir makyajı. Dışarı çıkamaz oldu bu yüzden. Gerçek güzelliğini kaybetmişti, yazık ki sahtesini daima yenilemek zorundaydı. Bir yalanı sürdürmek için sürekli yeni yalanlar uydurmak zorunda kalmak gibi bir şeydi bu. Sahte aşk da öyledir işte. Bir ömür boyu sürebilir ama sahteliğini başkasından gizlemek için hep daha fazla rol yapman gerekir, öte yandan kendi içine hapsolur kalırsın."

***

Simru sohbet için Ceyhun'a teşekkür ettikten sonra tekrar görüşmek üzere ayrıldı yanından. Caddeye çıktığında ne yapacağını, nereye gideceğini bilemedi. Sorularının yanıtını almış, ama aklı hepten karışmıştı. Daha doğrusu, aklı Ali'de kalmıştı. Evet, yangın gecesi bir tek eksik kaldı demişti, âşık olacağı adamı bulmak istemişti ve o gece Ali gelmişti. Acaba Şeyhmus'la nişanlanarak hata mı yapıyordu? Ali'nin kendisine âşık olduğunu nasıl anlamamıştı o güne kadar? Daha önce anlasa ya da Ali açıkça söylese, fark eder miydi? Bunlara açık bir yanıtı yoktu. İşte şimdi kendisiyle baş başa kalmıştı.

Bir taksiye bindi. Eve giderken telefonunu eline aldı, arama motoruna Alev Yalım yazdı. Kadının fotoğraflarına bakmak istiyordu. İlk sırada wikipedia çıkmıştı. Görselleri tuşlamadan önce kadın hakkında biraz bilgi almak istedi.

Alev Yalım: Eski güzellik kraliçesi, aktris. Asıl adı Selvi Nadir yazıyordu.

Mirasını itfaiyeye bırakan kadındı bu. Simru hemen Ali'yi aradı. Ali açmadı. Birkaç kere aradı. Yanıt yoktu. İzinli olduğunu biliyordu. Küstüğü için yanıt vermiyordu belki. Ona mesaj attı, aramasını rica etti. Çok önemli olduğunu belirtti.

Bir dakika sonra Ali aradı.

Simru "Sen Alev Yalım'ı tanıyor musun?" diye sordu.

Ali "Evet" dedi.

"Peki gerçek adının Selvi Nadir olduğunu biliyor muydun?"

Ali yine "Evet" dedi.

Simru "Peki bana neden söylemedin?" diye sordu.

Ali sessiz kaldı.

Simru sorusunu tekrarladı. "Peki bana neden söylemedin Ali?"

Ali "Ben seni de tanıyordum Simru" dedi.

"Nereden tanıyordun?"

"Biz aynı üniversiteden mezunuz. Sen hiç sormadın, ben de söylemedim. Aslında atılmadım, bursumu kaybetmiştim. Kayıt dondurdum, askere gittim, sonra da itfaiyeci oldum. Para kazanmaya başlayınca okulu bitirmek için geri döndüm, sınavlara girmek için geliyordum sadece. Seni görüyordum, adını biliyordum. Sen beni fark etmemiştin. Mezun olduktan sonra da geldim seni görmek için. Ama konuşmaya cesaret edemedim hiç. Seni kollarıma almayı hayal ediyordum. Seni yangından kurtarırken kolyen bende kaldı. Yüzün yandığı için seni tanımamıştım. Adını öğrenince, sen olduğunu anlayınca içim yandı Simru. Azap duydum. Çünkü seni kollarıma almak benim dileğimdi, hayatta başka bir hayalim yoktu. Bakmaya kıyamadığım yüzün yanmıştı, hep tutmak istediğim ellerin yanmıştı. Benim yüzümden olmuş gibi azap duydum. Sanki ben istemesem, sen öyle yanmayacaktın. Ben senden daha çok yandım Simru. Seni aradım, sordum, görmek istedim çünkü senin güzelliğin bende saklıydı. Sana bakarken yanık bir yüz görmedim hiç. Hayatta en güzel bulduğum kadının gençliğine benziyordun. O yüzden âşıktım ben sana. Selvi Nadir'in aslında Alev Yalım olduğunu biliyordum. Mirastan bana düşen parayı o yüzden sana verdim. Şimdi sen ona daha çok benziyorsun. Bence o kadın kaybettiği güzelliğini sana miras bıraktı. Ben yalnızca aracı oldum size."

Simru bunları dinlerken gözlerinden yaşlar dökülüyordu. "Sen bize aracı olmadın Ali. Sen benim her şeyim oldun" dedi.

# 13

Simru eve gitti. Hem çok mutluydu hem de içi yanıyordu. Mutluydu, çünkü gerçek aşkı bulmuştu. İçi yanıyordu çünkü bunca zaman gözünün önündeki Ali'nin hiç farkında değildi. Kendi derdine ve kendi güzelliğinin peşine düşmüşken, onun derdini bilememiş, onun güzelliğini görememişti.

Babası işten dönünce kahvesini tek başına içti. Simru annesine yemek için yardım etti. Yemekte onlara Şeyhmus'la nişanlanmaktan vazgeçtiğini söyledi. İkisi de şaşırıp kaldı.

Annesi "Ne oldu kızım? Hayırdır?" diye sordu.

Simru "Ben Ali'ye âşığım" dedi.

Babası bundan memnuniyet duydu. Annesi hayal kırıklığına uğradı. Fakat hiç itiraz etmedi. Yangından kurtulmuş, küllerinden doğmuş kızına baktıkça şükrediyordu. Daha ne isterdi?

***

Ertesi gün Kristal Küre'ye gitti. Şeyhmus'a uğramadan doğru odasına çıktı. Sekreterine Zerrin'i çağırmasını söyledi. Zerrin iki dakika sonra geldi. Simru pencereden dışarı bakıyordu. Zerrin'in geldiğini bildiği halde dönüp bakmıyor, sesini çıkarmıyordu.

Zerrin "Buyurun Simru Hanım, beni çağırmışsınız?" dedi.

Simru dönüp bakmadan "Nişan hazırlığına başladınız mı?" diye sordu.

Zerrin "Başladım" diye karşılık verdi.

Simru "İptal ettim" dedi. Bilerek sessiz kaldı.

Zerrin'den hemen ses çıkmadı. Bir açıklama bekliyordu. Baktı ki, Simru'da ses seda yok, "Peki Simru Hanım" dedi. Simru sessizliğini sürdürdü. Zerrin "Başka bir şey var mı? Ben çıkabilir miyim?" diye sordu.

Simru "Evet var" dedi. Sonra koltuğunu çevirdi ve Zerrin'e yine gözünden kıvılcım fışkırtarak baktı. "Git Şeyhmus'a söyle."

Zerrin onun tutumundan, sesinden ve bakışından ürpermişti. Kendisi için tehlike çanlarını işitiyordu. Sesi titreyerek "Ama... Şeyhmus Bey'in..."

Simru ne soracağını bilerek onun söylemesine fırsat vermeden yanıtladı. "Haberi yok. Git söyle" dedi.

Zerrin yine çekinerek "Şeyyy... Siz söyleseniz..."

demişti ki, siz söyleseniz daha iyi olur diyecekti, Simru sert bir şekilde "Git söyle dedim. İkiletme" dedi.

Zerrin hiçbir şey söylemeden, hemen çıktı. O çıkınca Simru'nun hırslı yüzü gevşedi, tatlı tatlı gülümsedi. Koltuktan kalktı, eşyalarını toplamaya başladı.

Beş dakika sonra Şeyhmus geldi. "Ne oluyor Simru?" diye sordu.

Simru "Eşyalarımı topluyorum Şeyhmus. Ben gidiyorum. Her şey için teşekkür ederim. Seni tanımak bir zevkti" dedi.

"Hayır hayır, otur konuşalım Simru. Ne olduğunu bilmek istiyorum."

"Aydınlandım Şeyhmus. Allah sana da nasip etsin."

Şeyhmus kızdı. "Neden bana kendin söylemedin de Zerrin Hanım'a söylettin, öğrenebilir miyim? Beni personelime küçük düşürmek için mi?"

Simru "Tabii ki hayır Şeyhmus" dedi. "Geçen sefer beni işten çıkarırken sana haber vermemişti. Bari nişanı iptal ettiğimin haberini versin istedim. O beni işten çıkardıktan sonra gerçeği senden gizlemiş, yanlış bilgi vermişti. Bu sefer gerçeği gel benden öğren istedim."

Şeyhmus "Peki, söyle öyleyse. Neden gidiyorsun? Neden vazgeçtin Simru?" diye sordu.

"Gerçek aşkı buldum Şeyhmus."

Şeyhmus bunu duyunca çok bozuldu. "Kim o? Yoksa Ali mi? O itfaiyeci mi?" diye sordu.

Simru ona Ali'den birkaç kere söz etmişti. Zaten başkasını duymamıştı Şeyhmus. Aslında hiç ihtimal vermiyor, başka birini bilmediği için soruyordu, üstelik küçümseyerek. Fakat Simru "Evet o!" deyince Şeyhmus mosmor oldu. Duyduğuna inanamadı.

"Şaka yapıyor olmalısın" dedi.

"Çok ciddiyim Şeyhmus. Yandığım ateş kadar."

Şeyhmus çok bozulmuştu ama hiç de terk edilmiş bir âşık gibi değildi. "Peki Simru. Nasıl istersen. Ama pişman olup dönmeyi aklından geçirme" dedi.

Simru "Pişmanlık dediğin iyi oldu. Az kalsın unutuyordum" diyerek çantasından avans çekini çıkardı. "Bunu Ali'ye teklif ettiğime çok pişman oldum. Sende kalsın" dedi. Masaya bıraktı.

Şeyhmus umursamaz davranarak, ellerini cebine koydu. "Sen bilirsin" dedi.

Simru "Elbette" diye karşılık verdi. "Bunu senden öğrendim. Senden çok şey öğrendim."

Şeyhmus "Ne mesela?" diye sordu.

Simru "En başta karar vermeyi. Ne istediğini bilmek ve daima ona göre adım atmak gerektiğini" dedi. "Fakat daha önemlisi, neyi istemediğimi bilmem gerektiğini başka biri öğretti bana. Sana Ceyhun Bey'den söz etmiştim, dün onunla sohbet ettim. Gerçek ile sahte arasındaki farkı çok iyi anlattı. Senin başarılı bir işadamı olmayı sürdürmek için her gün saatlerce ruhuna makyaj yaptığını anladım. Bu benim yolum değil, ben katlanamam. Sen göz kamaştırıcı bir hayat yaşıyorsun. Fakat bu hayatı sürdürmek için kör olmak gerekir. Ben de körmüşüm. Ali'yi görmemişim."

Şeyhmus bunu duyunca birden çöktü. Evet o başarılarının hayranı, servetinin kölesiydi. Göz kamaştırıcı bir hayat sürmek için kör olmuştu, ruhu körelmişti.

Şeyhmus "Peki neymiş gerçek aşk?" diye sordu.

"Küllerinden doğan bilir. Sen kendini ateşe atabilir misin?"

Şeyhmus bu sözün değerini küçümser görünmek için "Atmam tabii ki" dedi.

Simru "Yanıp kül olmak, odun kalmaktan iyidir" diye karşılık verdi.

***

Simru toplanıp çıktıktan sonra eşyalarını evine götürdü. Sonra Ali'yi aradı. Son izin günüydü Ali'nin. "Neredesin Ali?" diye sordu.

“Evdeyim.”

“Buluşalım mı?”

“Kusura bakma Simru, bugün hiç çıkasım yok.”

“Peki misafir kabul ediyor musun? Sana geleyim.”

Ali hayır diyemezdi.

“Başım gözüm üstüne. Buyur gel” dedi.

***

Simru ilk kez Ali’nin evine gidiyordu. Duvarda yan yana duran iki fotoğraf vardı. İki başka kadının fotoğraflarıydı. Biri Alev Yalım, diğeri Simru. Merhumenin gençlik fotoğrafı gerçekten Simru’nunkine çok benziyordu. Biri hüzünlü, diğeri mutluydu. Ceyhun’unkileri andırıyordu. Biri poz veren, diğeri güzel olduğunu işittiğinde gülümseyen kadın. Ama bu iki genç kadın birbirine çok benzese de, ayrı kişilerdi. Üstelik biri göçmüş gitmişti, diğeri hayattaydı. Mutsuz bir kadının altmış yıl sonra birden gülüvermesi gibiydi bu iki fotoğraf ve sanki Ceyhun’un çıktığı dünya turunun son ürünüydü.

Yangından kurtulan Selvi Nadir ya da bilinen adıyla Alev Yalım ikisini birleştirmiş, Simru ve Ali yanarak bir olmuşlardı. Üçü birlikte küldü. Merhumenin anısı ve güzelliğini yaşatacaklardı.

Simru "Senin suçun değildi Ali. Seni ben diledim" dedi. "Yangın gecesi, benim bütün hayallerim ardı ardına gerçekleşti, ama bir şey eksik dedim kendi kendime. Âşık olmayı diledim Ali, âşık olacağım kişinin karşıma çıkmasını diledim. Aynı gece sen geldin. Nasıl ki senin dileğin beni kollarına almaktıysa, benimki de karşıma çıkmandı. Ama ben kendi derdime düşmüştüm Ali, senin derdini bilemedim. Kaybolmuş güzelliğimin peşindeydim, senin güzelliğini göremedim Ali. Beni affet."

Ali'nin yüzü birden aydınlandı. Mutlulukla gülümsedi. Ceyhun'un o güzellik tılsımı Simru'ya geçmişti adeta.

Ali şakacı biri değildi, kur yapmaya utanırdı. Birden ona cesaret geldi. "Affederim ama bir şartla. Seni kollarıma almama izin verirsen" dedi.

Simru gözlerinin içiyle gülerek karşılık verdi. "Beni bir kere kollarına aldın zaten. İkincisi için gelip beni istemen gerek."

"Gelirim tabii. Yeter ki sen iste."

Simru ve Ali birbirlerine sımsıkı sarıldılar.

"Ben sana âşığım Simru."

"Kalp kalbe karşı Ali. Ben de sana âşığım. Bunu söylemek için geldim."

Ali'nin yüzünde buruk bir mutluluk oluştu. Birlikte salondaki koltuğa oturdular. Ali birden içindekileri dökmeye başladı, sanki hep bu anı bekler gibi...

"Sana bakınca aşka bakıyor sanki insan. O yüzden uzun uzun bakamıyordum gözlerine. Belki sen farkında değildin ama ben konuşurken kaçırırdım hep senden gözlerimi. Az biraz uzun baksam, kalbimin atışı değişir, kendimi elevermekten korkardım. Yangından önce de seviyordum ben seni, sonra da... Yüzünün yanması içimdeki aşkı eksiltmedi. Bilakis daha da bağlandım sana. Nasıl ki yanmadan önceki güzellik sana aitse ve ben o yüzdeki güzelliği güzellik olduğu için değil senin olduğu için sevmişsem, yangından sonraki izlerine bakarken de aynı şeyleri hissettim. Duygularım değişmedi. Çünkü o yanık izleri de sana aitti. Senindi. Ve ben sana ait olan her şeyi severdim, hep sevecektim. Benim aşkım bir yangınla kaybolup yok olacak bir aşk değildi. Çünkü ben seni güzelliğin için sevmemiştim. Bir bedene tutularak âşık olunuyorsa daha güzel bir beden bir öncekini çöpe yollar. Sen bir insanı insanlığı için sevdin mi hiç? Ben sevdim. Eminim sen de sevmişsindir. Çünkü sen çok iyi niyetli bir insansın her şeyden önce. Ve herkese iyi niyetle yaklaşıyor olmanın, herkesi iyi niyetli sanman anlamına gelmediğini de çok iyi biliyorsun. Sana asla bunu öğretecek de değildim.

Fakat yaşananlardan sonra susmak ve sevgimi içimde yaşamak düşüyordu payıma. Hep istedim ama kimselere anlatamadım. Yine de güzeldi seni susmak. Sustuklarım sorulmadı. İyi ki sorulmadı. Eğer çok susan birinin neden bu kadar sustuğunu merak edip peşine düşersen karşına duymak istemediğin bir cevap çıkabilirdi. Kendi sessizliğimle içimde bir dünya kurdum. Orada sen vardın. Duvarımdaki resmin vardı. O günden bugüne nice yangınlar söndürdüm, nice hayatlar kurtardım da bir içimdeki yangını söndüremedim Simru. Bir kendimi kurtaramadım için için yanan içimden... Yangını fark edebilmen için önce dumanı görmen gerekir. Nasıl görecektin ki? İçim yanıyordu içim... Dumansız bir yangındı benimkisi... Cehennemde cennet arıyordum sanki. Ne dağlar ne yollar aşacaktım uğruna, acın bu kadar batmasaydı bağrıma...

Seni unutmalıydım. Hatırlanmak istemiyorsam önce ben unutmalıydım. Unutmaya çalıştım ama başaramadım. Bazı anılar unutulmaya çok karşı. Direnemedim bu yüzden. Zaten senden gitmek beni kendime getirmeyecekti ki... Gözlerin kadar dünyam vardı. Kapatırsan kararacaktı. Kendi yalnızlığıma gömüldüm bu yüzden. İçimde taşıdığım ve hazinelerden daha değerli olan ama kimsenin fark etmediği, bilmediği bir aşkla hayatın kıyılarına bir yaklaştım bir uzaklaştım. Üstünde binlerce gemi yüzdürse de, içinde milyonlarca canlı barındırsa da yine de hep yalnızdır ya deniz. Tutunamaz ya hiçbir kıyıya, gidip gidip gelse de dalgaları... İşte öyle bir denizden farkım kalmamıştı. Tırnağınla etinin birleştiği köşede eline takılan, her seferinde yokladığın, bazen dişlerinin arasına alıp koparmak için uğraştığın o küçük tırnak eti gibiydin artık bende. Aklımdan çıksan da elim hep hâlâ orada mısın diye yoklamada.

Çok özlüyordum seni. Özlemek yalnızlığın görünen yüzüdür. Sen onun ardındakilere bakacaksın asıl. Öylesi bir özlem değildi bendeki. Yanındayken, gözlerinden gözlerimi kaçırmak ve elinden tutmak isteyip de tutamamak... İşte bu yarımlıkların özlemiydi bendeki. Çok isyan ettim. Çok yalvardım Allah'a... Her doğan, ölüme borçlu doğar. Günü gelince ölüme kesilecek bir bilet değil miydi insan? O halde şu ölümlü dünyada nedendi bunca hasret, bunca özlem? Sen benim aşkımdan habersiz yaşarken ben seni şiir ettim kendime. Dünyanın en uzun şiiriydi saçların. Ama ben bu şiiri hak etmek için fazla yaralıydım. Büyüktü yaralarım ve çok derin... Büyük aşkın küçük yarası olmazdı zaten. Tenimin altında kaç sızı saklıydı bilemezsin.

Aşkın bir gün mutlaka kırılacağını tahmin ettiğim bir dala tutunmak olduğunu, ya o dalın benden ya da benim o daldan vazgeçebileceğimi bildiğim halde sana tutunmaya devam ettim. Sen hiçbir şeyin farkında değildin hâlâ. Hep yakınlarında oldum. Uzaklara gitmeni göze alamazdım. Yüzü güzel ruhu çirkin adamlar sevmene, güven vermeyen omuzlarda huzur arayarak uyumana gönlüm razı olamazdı. Sana fark ettirmeden seni korumaya çalıştım hep. Bilmeden verdiğin derdi bile dizinin dibinde çekmek istedim. Zamandan bir çizgi çektim kalbime yalandan bir mutluluk için. Yanımdayken gurbetimdin. Olsun dedim, hasretin böyle de güzel çekilir."

Ali, sözlerini bitirir bitirmez Simru'nun ellerini tuttu. İkisinin de gözleri dolmuştu yine. Ve Ali ilk defa sevdiğinin gözlerine bu kadar uzun bakabildi. Ona dudakları titreye titreye sordu:

"Şimdi yanındayım. Umarım yarınında da olurum..."

Simru sımsıkı sarıldı Ali'ye... Uzun süre o şekilde kaldılar. Sonra Ali'nin kolları gevşedi ve cevap bekleyen gözlerle baktı sevdiceğinin yüzüne. Simru gülümsedi ve "Sen yeter ki rehin alır gibi sevme beni, ben sana tutsak olur gibi gelirim."

Tekrar sarıldılar. İkisi de mutluluktan titriyordu. "Hâlâ çıkasın yok mu? Mihrimah Sultan'da kahve içelim mi?" diye sordu Simru.

Ali "Olur" dedi.

"Sen ısmarlıyorsun, ona göre Ali. Ben istifa ettim. O çeki de geri verdim."

"Annen baban seni bana verirler mi? Ya itfaiyeci diye beğenmezlerse beni?"

"Beğenmezlerse kimyacı derim. Diplomanı yanında getir."

***

Evden el ele çıktılar, kapı aralanınca süzülen ışık duvardaki solgun fotoğrafa vurdu. Bir gören olsa, merhumenin fotoğrafı canlandı, gülümsedi sanırdı.

**SON**

# Başka Bir Külkedisi Masalı

# Giriş

Lise bitmişti. İstanbul'da bir üniversiteyi kazanmıştım. İzmit İstanbul'a yakın olduğu için servisle gidip gelecektim. İlk dönemde öyle oldu zaten. Ama sonra üç arkadaş ev tuttuk. En güzel yıllarımı yaşadığım İzmit, hayatımdan çıkıyordu yavaş yavaş... Geride bıraktıklarım arasında kalbimi sızlatan tek bir isim vardı: Kadir... Acılarımın en yakışıklısıydı.

Lise yıllarında tanışmış ve sevgili olmuştuk. Okulun en popüler çocuğuydu. Nasıl olduğunu anlayamadan başladı ilişkimiz. İlk önceleri sadece hoşlandığımı sanıyordum ama sonra âşık olduğumu anladım. Bunu kendime itiraf etmem biraz zaman aldı. O geçen süre içinde yakın arkadaşlarım bana âşık olmadığımı sadece hoşlandığımı söylemişlerdi ama onlara, hoşlandığım birine âşığım diyecek kadar aşkı yerlere düşüren bir insan olmadığımı anlatmaya çalıştım. "Hoşlandığınız kişi için ona âşığım derseniz aşkı küçültmüş olursunuz. Sakın ola ki birini elde etmek için derinden yaşamadığınız duyguları derinmiş gibi göstermeye çalışıp aşkı basitleştirmeyin. Çin malı aşklar yaşamayın" gibi şeyler söylemiş, hem kendimi savunmuş hem de onlara yol göstermiştim.

İnsan kendisi için düşündüğü tüm ayrıcalık ve iltimasları karşısındaki kişi için de düşünmeye başladığı an anlıyor âşık olduğunu. O zamanlar kendimi çok yalnız ve korunmasız hissediyordum. Kadir bana iyi gelmişti. Beni koruyor ve yalnızlığımı dolduruyordu. Her şey çok güzel başlamıştı. Hayatıma onunla bir yol çizmiştim. Ve o yolda kendimden emin adımlarla yürüyordum. Ta ki beni en yakın arkadaşımla aldattığını duyana kadar... Duyduklarına kulakları inansa da kalbi inanmak istemeyebiliyor insanın. Ama bu, gerçeği değiştirmiyor. İnsan kendi çizdiği yolda da kaybolabiliyormuş. Bunu acı bir tecrübeyle öğrendim. Bu kadar ucuzlaşabileceğini tahmin edemezdim. Önce sustum. Uzun süre sustum. Beni aldattığını bildiğimi bilmiyordu. Sonra birdenbire çekip gittim hayatından. Beni aşktan uzaklaştıran ve içimde aşka dair tüm duyguları öldürendi o... Kadir'den sonra kimseyi sevemedim. Zaten karşıma çok fazla kişi de çıkmadı. Aklım ondan nefret ederken kalbim hâlâ onu sevmeye devam etti bir süre...

Ayrılırken bana sarılmamasını istemiştim ondan. Son olmaması için dualarla sakladığım sarılışlarımı, son olduğunu bildiğim bir sarılışla kirletemezdim.

Severken hiç sorun yoktu. Güzel sevmişti. Ya da ben öyle sanmıştım. Tek kusuru beni sürekli olarak bir oyun hamuru gibi kendi istediği şekle sokmaya çalışmasıydı. "Beni, olmamı istediğin gibi sevme. Ben bir hediye paketi değilim" deyip durdum ona. O ise hep "Bak, bizi yaptıklarınla değil, yapmadıklarınla bitireceksin. Ne olur sanki biraz benim istediğim gibi olsan?" diyordu.

Ben biraz inatçıydım kabul. Ama o da biraz fazla baskı uyguluyordu bana. Küçük kusurlarını görmemeyi öğrenmiştim. Ona da bunu öğretmeye çalışıyordum. Aşkın, insanın gözüne bir perde indirdiğinden ve bazı şeyleri görememeye başladığından sıkça bahsediyordum. Ama ben aşkın gözü kördür derken kusuru görmemesini değil, o kusura bakmamasını istemiştim. Beni olduğum gibi kabul etmesini sağlamam biraz zaman aldı. Bazen düzelir gibi oluyordu ama sonunda yine özüne dönüyordu. Beni kaybetmemek için değişmiş gibi yapıyordu fakat bir zaman sonra bir yerde mutlaka açık veriyordu. Onu tanımakta zorlanıyordum. Bir gün ona "Neden tanıyamıyorum seni?" diye sorduğumda şakayla karışık "Belki de gerçek beni hak etmiyorsundur" deyip kocaman bir kahkaha fırlatmıştı. Çok kızmış ve aşağılanmıştım. Kendi kendine eğleniyordu işte. Bense içimdeki öfkeyle sustum.

Onu çok yükseklerde görüyordum o zamanlar ve ona ulaşmanın yolunun yukarılara tırmanmak olduğunu zannediyordum. Ama alçak birine, tırmanarak ulaşamıyormuşsun, bunu çok sonra fark ettim. Sadece bana dokunan bir nazar gibiydi. Uykuma kaçan sigara dumanı gibiydi... Sanırım onun hayatına yanlış bir kapıdan girmiştim. İki yanlışım vardı... Biri yanlış zaman diğeri yanlış yer... Bu iki yanlış tek doğrumu, yani aşkımı alıp götürmüştü benden. Kendi hayallerimden dayak yedim. Sözlerim beni tutmadı. Dürüstlüğümün ihanetine uğradım. Doğrularım beni kandırdı...

Deli nehirler gibi coşup çağlarken ne denizime kavuşabildim ne de bir göle dönüşebildim. Olduğum yerde kaldım öylece. Hepsi oldu, olmaması gereken ne varsa hepsi oldu. Gözlerimde nice geceler birikti. Uyudum uyudum geçmedi... Bitmedi... Oysa ben ona yaralarımı kanatması için göstermemiştim. Saçlarımı değil, acılarımı okşamasını istemiştim.

Birini sevmenin beni bu hale getirmesine şahitlik ettikten sonra kimseyi tekrar sevemeyeceğime inandım. Âşıkken insan, aklını emanete bırakmış gibi oluyor. Neyse ki emanet denilen şey geri alınabilen bir şey. Çok sonra aklım başıma geldi. Onunla yapabildiklerimin onsuzken yapamayacaklarıma dönüşmemesi için kendimi toparlamalıydım. Artık onunla yüzleşmem gerektiğini biliyordum. Bilmediğim, hangi yüzüyle yüzleşmem gerektiğiydi. Bana gösterdiği mi, benden sakladığı mı? Sığınabileceğim son kalemi de kendi ellerimle yıkmalıydım artık. Her şey için çok geç kalınmıştı. Ben yelkenlerimi sonuna kadar açsam ne çıkardı, onda o rüzgâr esmedikten sonra?... Onsuzluğuma değil de mutsuzluğuma alıştım sonra. Uzun bir ayrılığa çıktım içimde, dur duraksız...

"Değerlendirmiyorsun diye içindeki nehri bataklığa çevirmene gerek yok. Sana değilse bile bir gün bir başkasına lazım olabilir. Dostça söylüyorum bunu. Üzüleceksen de üzül. Umurumda değil. Dost kötü üzer. Ama sen de haklısın. İhanetin bahanesi yoktur! O kadar çok yol eskittin ki, tabii ki başka yollar ararsın. O kadar çok insan bitirdin ki, tabii ki yeniden başlayacak başka birilerini bulacaksın. Ben bu acıyı kalbime bile yakıştıramazken sen, hayatımın tam ortasına bıraktın. Canın sağ olsun. Belki de hata bende. Sana yarama merhem ol deyip, sür demeyi unuttum sanırım. Sen sen ol bir daha kimsenin imtihanı olma" dedim giderken.

Gidişimi izledi öylece... "Karanlığa doğru gidiyorsun" dedi. "Kaybolacaksın" dedi. "Yıldızları görünür kılan karanlıktır" dedim. "Belki bir gün başkası görür, senin göremediğin o ışığı..."

Bana güldü ve "O zaman geri dönme ve çıkar beni hafızandan. Unut!" dedi. Son bir kez baktım gözlerine ve "Hafıza hatırlamak içindir" dedim. "Unutmak için değil."

Karakter bozukluğu diyeceğim bunun adına ama bozulacak bir karakteri de yokmuş. Bana sadece susmak düşüyordu artık. Kirlenmiş de olsa düşüncelerine de saygı duyacaktım ama önce düşünebildiğine ikna olmam gerekiyordu.

Yufka yüreğimi kaybettiğimi anladım. Ne yazık ki o, artık bir taş olmuştu. Bunun için çok üzgünüm. Ama şükür ki artık aldanmıyorum. Sadece ilişkimizi bilen ama ayrıldığımızdan haberdar olmayan ortak dostlarımız sorduğunda "Biz onunla ayrıldık" demenin ağırlığı ve bende bıraktığı buruk acı kalmıştı içimde.

O zamanlar hayatımın en büyük acısını yaşadığımı sanıyordum. Ta ki üniversite için İstanbul'a yerleşene dek... Meğer hayatta aşk acısından çok daha büyük acılar ve insan hikâyeleri varmış. Bunlardan bir tanesini öğrenmek ister misiniz? Şimdi size "Başka Bir Külkedisi Masalı" anlatacağım. Bu masalın diğer masallardan farkı, gerçek olması...

## 1

Sami Amca, hep yanık simit satardı. Ona Yanık Amca ya da Yanık Simitçi derlerdi. Yanık simitleri onu bilenler alırdı genellikle, üniversitedeki öğrencilerin çoğu onu tanır, ama derdini çok az kişi bilirdi. Bir kış günü şiddetli sağanak vardı, Sami Amca bir saçağa sığınmıştı, tir tir titriyordu.

"Neden evine gitmiyorsun Sami Amca?" diye sormuştum.

"Ah evladım, bu zamanda çocuk okutmak kolay mı sanıyorsun?" demişti bana.

Ben öğrenciydim, hepimiz öğrenciydik ve çocuk okutmanın ne kadar zor olduğunu hiçbirimiz bilmiyorduk. Ben annemden babamdan değil, Sami Amca'dan öğrendim bunu...

Sami Amca büyük ihtimalle daha ucuz olduğu için hep yanık simit alıyordu fırından ama daha ucuz satmıyordu, aynı fiyata satıyordu. Benim dikkatimi önce yaşlı biri olması, sonra yanık simit satması çekmişti. O yağmurlu güne kadar torununu okutmak için simit sattığını bilmiyordum.

Eldivenleri örgüydü, üçer parmağının uçları söküktü, iş yaparken kullanıyordu o parmaklarını. Botu yoktu, ayakkabılarından birinin önü açıktı, çorabının üstüne naylon poşet geçiriyordu yağmurlu karlı havalarda. Ona bir çift bot almıştık, ne kadar mahcup olmuştu.

"Neden aldınız bunları bana evladım? Ben nasıl giyerim bunları?" demişti.

Biz de gönlümüzden koptu Sami Amca, giyiver işte, ayakların üşümesin kış günleri falan dedik. Anlamıyorduk adamın derdini.

"Ben torunuma yeni bot alamadım, komşunun verdiğini giyiyor. Ayağımda yepyeni botlarla nasıl eve gideyim?" demişti.

Biz ondan sonra tanıdık Yanık Amca'yı.

***

Sami Amca emekliydi. Eşi ve torunuyla yaşıyordu. Oğlu trafik kazasında ölmüştü. Gelini de kaçıp gitmişti. Torunu onlara kalmıştı. Gözü gibi bakıyordu evladının biricik yadigârına. Torununu okutmak, çocuğa anasının babasının yokluğunu hissettirmemek için çalışıp çabalıyordu. Hem oğlunun vakitsiz ölümüne hem de gelininin vefasızlığına ayrı ayrı üzülüyordu adamcağız. Torununa bakarak teselli bulmaya çalışıyordu. Küçücük kız çocuğu birdenbire anasız babasız kalmıştı.

Sami Amca her gün gelirdi simit satmaya. Gelmediğinde sorardık, hasta mı acaba derdik, çünkü yetmiş yaşındaydı. Bütün gün ayakta durmak kolay değildi o yaşta... Simit tablasıyla çok uzaktan gelirdi bizim okula.

Bizim üniversite Acıbadem'deydi. Eski ve nezih bir mahalledeydi. Sokakları güzeldi bu semtin. İnsanları da öyleydi. Ben İzmit'ten servisle gelip gidiyordum, sonra üç öğrenci burada bir ev tuttuk. Mezun olan arkadaşlarımız teklif etti evi, eşyaları da bize bıraktılar. Böylece ikinci sınıfta evimiz oldu. Üstelik okula yakın sayılırdı, yirmi dakika yürüyorduk. Minibüsle beş dakika, otobüsle üç duraktı.

Sami Amca ta Fikirtepe'den geliyordu bizim okula. Arada bir sürü okul vardı, fakat o nereden bulduysa, neden seçtiyse, bizim okulu seçmişti. İki arkadaşı vardı orada. Biri Hacı Bakkal, öteki de Şarapçı Faruk. Bunlar çok temiz kalpli ve çok ilginç insanlardı. Hacı Bakkal'ın dükkânı köşedeydi, üç sokağa bakıyordu, bu sokaklardan birisinde bizim okulun ana giriş kapısı vardı. Hacı Bakkal yılların esnafıydı, mahallenin eskisiydi ve bir dalgıçtı. Her yıl umreye ve dalmaya gidiyordu. Kızıldeniz'e, Tayland'a gidiyordu dalmak için. Eşi türbanlı bir kadındı, bazen dükkâna o bakardı. Elinden aşk romanları düşmezdi.

Hacı Bakkal'ın adı Nusret'ti ama ona herkes Hacı Bakkal derdi. Dalgıç olduğu için Derin Hacı diyenler de vardı. Çok az kişi bilirdi dalgıç olduğunu. Eşinin okuduğu pembe dizi kitapları, onun dalgıçlığından daha meşhurdu.

***

Faruk Abi ise bizim sokağın garibanıydı. Yalnız yaşıyordu, kırk yaşına yakındı, bana daima abla derdi. Bize hep abla, abi diye hitap ederdi. O kadar saygılıydı ki, bazen önünü iliklerdi bizimle konuşurken. Sanki öğrenci değil, rektördük.

Biz Faruk Abi'nin ne şarap içtiğini ne de sarhoş olduğunu gördük. Hacı Bakkal ona bazen şarapçı derdi. Neden öyle söylediğini bilmiyorduk, sormadık hiç. Faruk Abi otoparktaki arabaları temizlerdi, onlara göz kulak olurdu. Onu tanıyanlar para verirdi. Kimseden para istemez, kimseye el açmazdı ama sokağın garibanı olduğundan hemen belli ederdi kendini, sadece giyiminden değil, duruşundan, bakışından bile belliydi.

Karmakarışık, simsiyah ve daima yağlıydı saçları. Bizi görünce bazen telaşla saçlarını düzeltirdi. Çok severdi bizi. Nasıl ki, yavru bir köpek sevdiği insanı görünce heyecanlanır, kuyruk sallar, havlarsa, o da bizi görünce heyecanlanır, yerinde duramaz, hareketlenirdi.

Bazen Sami Amca'nın simit tezgâhına Faruk bakardı. Sami Amca'yı göremezsek önce ona sorardık. Faruk Abi de yoksa, Hacı Bakkal'a sorardık. Sami Amca okula gelmezse biz onu çok merak ederdik. Onu tezgâhının başında göremediğimiz zaman eksiklik hissederdik. Yanık simit yemeye o kadar alışmıştık ki, bazen başka bir yerde simit yiyince yadırgıyorduk. Biz üç kız, öğrenci evine çıkınca, okuldan eve giderken de alıyorduk yanık simit. Üçümüz birlikte gitmezsek, hangimizin alacağını konuşup kararlaştırıyorduk.

Yanık Amca beni çok seviyordu, çünkü torunuyla adaştım. "Ece kızım" derdi bana. İkinci sınıfta tiyatro topluluğuna katılmıştım. Akşamları çalışma yapıyorduk. Bazen gece çıkıyordum okuldan. Acıbadem dediğim gibi eski ve nezih bir semtti, hiç kavga gürültü olmaz, serseri dolaşmazdı sokaklarında. Sabahın köründe ya da gece yarısı evle okul arasında güvenle gider gelirdim. Buna rağmen gece çıktığımda Faruk Abi benimle eve kadar yürürdü bazen. "Abla seninle geleyim, ben yürürken hiç konuşmam" derdi.

Gerçekten de konuşmazsam, o da hiç konuşmaz, soru sorarsam yanıt verir ama hiç uzatmazdı. Gündüz sokakta öyle değildi. Hacı Bakkal'la, Yanık Amca'yla, öğrencilerle sohbet ederdi daima.

***

Faruk Abi okulun çapraz sokağındaki bir apartmanın kalorifer dairesinde yaşıyordu. Apartman doğalgaza geçince, kazan dairesi boşaltılmış, artık kim ona haber verdiyse ya da Faruk Abi nasıl bulduysa, oraya yerleşmişti. Bir kere çok hastalanmıştı, katalitik sobasına tüp almış, çorba kaynatmıştık. O zaman görmüştük evini. Kaynattığımız çorbayı koyacak kâse bulamamıştık. Meğer yemeklerini pişirdiği tencerenin kapağında yermiş garibim. Çok mahcup olmuştu bize. Hep hatırlattı, hiç unutmadı o çorbayı. "Yıllar var, kimse bana çorba kaynatmamıştı" demişti bize. Çok duygulanmıştı. Ayrıca yakayı elevermişti. Evinde şarap şişesi görmüştük.

Hacı Bakkal'ın ona şarapçı demesi boşuna değildi. Faruk Abi şarapçıymış eskiden, Hacı Bakkal ona "Dışarıda içmezsen, sarhoş gezmezsen, bundan sonra şarabın benden" demiş ve tutuyormuş sözünü meğer. Sonra sonra bırakmış zaten. Meğer Hacı Bakkal'ın niyeti ona şarabı tamamen bıraktırmakmış ve ince bir taktikle bunu başarmış. Dedim ya, çok ilginç ve temiz kalpli insanlardı. Üniversite hayatımdan iki ev arkadaşımla birlikte asla unutmayacağım kişiler onlardır.

Faruk Abi, hayata tutunamamış biriydi. Kötülük görünce paralize oluyordu, böylesi bir özelliği ilk ve tek onda gördüm. Çocuk gibiydi, hiç kötülük bilmiyordu, öğrenememiş, kabullenememişti. Kötülükle karşılaşınca, bu başkasına yapılan bir kötülük bile olsa, Faruk Abi donup kalıyor, dili tutuluyordu. Eskiden hastaneye yatar, üç dört gün kalıp çıkarmış. O yıllarda evine kapanıyordu. Acıbadem'i, bizim okulun sokağını muhtemelen bu nedenle seçmiş gelmişti. Sessiz ve sakin bir mahalleydi bizimkisi. Ayrıca Faruk Abi, tanımadığı insanlardan uzak dururdu. Yanık Amca, Hacı Bakkal ve bizim gibi tanıdığı öğrencilerle, bizim üniversitenin personelinden birkaç kişiyle konuşuyordu. Halbuki Faruk Abi'yi görenler, bir sokak düşkünü olduğunu anlayıp çekinirlerdi. Faruk Abi tam tersine karıncayı bile incitemeyecek biriydi ve hep öyle kaldı.

## 2

Tiyatro topluluğunda oyunculuk, diksiyon, müzik ve dans eğitimi alıyorduk. Ayrıca okula profesyonel tiyatroları davet ediyorduk. Enis Fosforoğlu Tiyatrosu çocuk oyunuyla katılacaktı. Bizim üniversitenin, anaokulu, ilkokul ve lisesi de vardı. Biz, bu çocuk oyununa hem ilkokulun öğrencilerini hem de sokak çocuklarını davet ettik. *Umut Çocukları* oyununu bizim okulun çocuklarıyla birlikte seyredeceklerdi.

Ben oyunu Yanık Amca'ya da haber verdim. "Torununu getirsene Sami Amca, gelsin o da seyretsin. Hem iki adaş tanışırız" dedim. Özellikle böyle söyledim. Sami Amca beni ismimden ötürü çok seviyordu demiştim ya. Adamın tek hayali torunu Ece'nin büyüyüp benim gibi üniversite öğrencisi olmasıydı. Adaşımla aramda on yaş fark vardı. O dokuz yaşındaydı, ben on dokuz yaşındaydım. Sami Amca yetmiş yaşındaydı, on yıl daha yaşar mı, torunu Ece'ye bakacak, onu okutacak gücü kalır mıydı, bilemiyordu. Adam sadece bunun için dua ediyordu.

Yanık Amca çok sevindi. Davet ettiğimiz için tekrar tekrar teşekkür etti. Getireceğini söyledi. Ona verdiğimiz botları almıştı ama giymiyordu. Faruk Abi'ye tembihlemiştik, çocuğun ayakkabı numarasını öğrenmiş, bize söylemişti. Ece'ye de bot almıştık. Oyuna dedesiyle birlikte geldiğinde verecektik.

***

Oyun akşamı bir şok yaşadık. Bizim okulun çocuklarıyla Umut Çocukları birbirlerini görünce aradaki farkı hemen anladılar. İki yüzden fazla çocuk cıvıl cıvılken, herkes sustu birden. Bizim için de çok tuhaf, yürek burkan bir akşam oldu. Nasıl ki Faruk Abi'nin bir sokak düşkünü, tutunamayan biri olduğu ilk bakışta belli ediyorsa kendini, Umut Çocukları da bizim okulun çocuklarından ilk bakışta farklıydı. İki ayrı nesil gibilerdi. Çocuklar bunu hemen anladı. İki ordu gibi karşı karşıya kaldılar bir süre. Umut Çocukları ile özel okulun çocukları arasında sanki bir hendek vardı. Bu görünmez hendeğin ardından birbirlerine uzun uzun baktılar. Sonra hareketlenip karıştılar birbirlerine ama o hendek kaldı orada. Ece de görmüştü bu karşılaşmayı. Onu çağırmakla iyi mi ettik, kötü mü ettik, bilemedik biz. Hiç ummadığımız şeyler oldu o gece.

Biz tiyatro topluluğu olarak ilkokulumuzun çocuklarıyla Umut Çocukları'nı birlikte oyun seyrettirme fikrini çok benimsemiştik, kime söylesek olumlu karşılık görmüştü bu. Özellikle Umut Çocukları'nın öğretmenleri çok sevinmiş, ilgimize teşekkür etmişlerdi. Ne var ki, özel okul çocuklarının velileri meğer rahatsız olmuşlar. Asla aklımıza gelmezdi bu. Rahatsız olmakla kalmamış, şikâyet etmişler bizi. Sanki bitli, hastalıklı çocukları toplayıp getirmiştik! O kadar üzüldük, o kadar bozulduk, o kadar utandık ve öfkelendik ki, aklımız karıştı. Ama öte yandan da çok güzel şeyler oldu.

Çocuklar birlikte çok eğlendiler. Enis Fosforoğlu sahneden çocuklarla konuşuyordu ara sıra. Oyunu uslu uslu seyrederlerse, oyundan sonra balon vereceğini söyledi. Tabii ki çocuklar birden coştu, alkışladı ve seslerini kesip seyretmeye başladılar. Oyundan sonra balonları soracaklardı. Bir çocuğa, bir de deliye söz verdiysen, mutlaka tutacaksın! Acilen iki yüz balon bulmamız gerekiyordu.

Bizim topluluktan Barış'la birlikte hemen aşağıya indim, Faruk Abi'yi buldum. "Faruk Abi, bize hemen iki yüz balon bulun" dedim.

"Tamam ablacığım, sen hiç merak etme, bulurum ben" dedi.

İkisini aşağıda bıraktım, tekrar salona çıktım.

***

Neyse ki, Faruk Abi oyun bitmeden bize iki yüz balonu bulmuştu. Hacı Bakkal'a gitmiş, o da toptancıları aramış, biraz ricayla biraz tehditle karışık, getirtmiş. Faruk Abi ve Barış iki yüz balonu bakkalda beklemişler. Oyundan sonra her çocuğa bir balon verdik. Şişirdiler ve ellerinde balonlarla mutlu çıktılar. Böylece ilk karşılaşma anının o tuhaf havası dağılıp gitmişti tamamen. Balonların kahramanı Faruk Abi çok mutlu ve gururluydu. İki yüz çocuk sevinmişti onun sayesinde. Balonların parasını da Hacı Bakkal vermişti, benden olsun dedi, almadı bizden.

Ece'ye hediyesini oyundan sonra vermeyi kararlaştırmıştık. Sami Amca'yı hemen bırakmadık. Oyuncuları bir servis aracı götürecekti, onları da bırakmalarını söylemiştik. Sami Amca ve Ece oyuncularla birlikte gideceklerdi.

Oyuncuları beklerken Ece'ye botları verdik. Kız çok sevindi. Bizi tek tek öptü ve teşekkür etti. Yanık Amca o günden sonra bizim verdiğimiz botlarla gelip gitti okula ve kış boyu çıkarmadı ayaklarından.

Umut Çocukları ve özel okul çocukları karşılaştığında Ece benim yanımdaydı ve o da görmüştü arada bir fark olduğunu. Kendisiyle diğer çocuklar arasındaki farkı da az ya da çok anlamıştı. Umut Çocukları hep kimsesizdi, özel okulun çocukları anne babalarıyla birlikte gelmişti. Ece ne kimsesizdi ne de ötekiler gibiydi.

Ne yazık ki bazı veliler Umut Çocukları'nı getirdiğimiz için Ece'nin yanında bizden şikâyetçi oldular. Dekan yardımcısı geldi ve tartışmaya müdahil oldu. Oyuncular da geldi, onlar konuyu tatlıya bağladı.

Fakat kızgın ve bencil veliler bizimle konuşurken Ece'yi bilmeden incitti. Kimsesiz çocuklardan, anasız babasız çocuklardan öcü gibi söz ediyorlardı. Biz velilere münasip cevaplar verelim, tatsızlığı çözelim derken, Ece'nin incinebileceğini akıl edemedik.

Onun dudaklarını büzerek dedesine sığındığını görünce, yanlarına gittim ve onları dışarıya çıkardım. Sonra oyuncularla birlikte uğurladık ikisini. Neyse ki Ece, oyuncuları görünce her şeyi unuttu gitti. Onlarla birlikte servis aracına bindi ve bize el salladı. İyi ki gelmiş dedim o an.

***

Biz Faruk Abi'nin kötülük görünce paralize olduğunu o gece öğrendik. Faruk Abi acil balon temin etme meselesini o kadar ciddiyetle üstlenmişti ki, Hacı Bakkal toptancıya siparişi verince bir koşu eve gitmiş, bir kravat takıp gelmişti. Veliler bizi şikâyet edip, Umut Çocukları için azarlarken o da yanımızdaydı. Faruk donup kalmıştı, hemen fark etmedik biz. Onu Barış götürdü evine. Birkaç gün evinden çıkmadı.

Bir ay geçti geçmedi, kış bitmemişti, son karlar eriyordu. Sokak baştan sona ıslaktı ve yer yer hâlâ beyazdı. Okuldan yalnız çıktım, evime gidecektim. Sami Amca'yı kaldırıma oturmuş, hüngür hüngür ağlarken gördüm. Faruk Abi yanındaydı, o da ağlıyordu.

Gitmedim yanlarına, dokunmak istemedim, görünmek bile istemedim. Sami Amca benim onu öyle üzgün, perişan bir halde görmemi istemezdi. Ne olduğunu bilmeden, eve kadar gözlerim dolu dolu gittim. Ders çalışacaktım güya, hiç içimden gelmedi.

Ertesi gün Sami Amca gelmemişti, Faruk Abi de ortalıkta yoktu. Çıktım bakındım ama ikisini de göremedim. Hacı Bakkal'a sordum.

"Sami Amca'nızın derdi var, bugün gelmez o" dedi.

"Ne derdi var?" diye sordum.

"Gelince kendi söylesin" dedi.

"Peki Faruk Abi nerede?"

"Uçmuştur yine, yakında gelir" dedi.

Faruk Abi'nin paralize olmasına Hacı Bakkal uçmuş diyordu. Ona göre Faruk Abi bir melekti ve dünyanın kötülüğüne dayanamayınca uçup gidiyor, unutana kadar dönmüyordu.

***

Yanık Amca üç gün gelmedi okula. Faruk Abi ondan önce çıktı ortaya. Hemen sordum ne derdi var diye. Faruk Abi söylemedi, herhangi bir yanıt vermedi.

"Kaldırıma oturmuş ağlıyordu. Sen de yanında oturuyordun" dedim.

Faruk Abi'yi o kadar tanımadığım için huyunu suyunu bilmiyordum. Meğer unutmuş da tekrar sokağa çıkmış. Ben sorunca, söyleyince hatırladı. Yine ağladı.

"Ne oldu Faruk Abi? Niye ağlıyorsun?" dedim.

"Çocuk hasta. Torunu çok hasta ablacığım" dedi.

# 3

Ece'de kalp yetmezliği ortaya çıkmıştı. Sınıfta bayılmış, onu hastaneye kaldırmışlar. Muayene ve tetkiklerin sonucunda Ece'de kalp yetmezliği olduğu anlaşılmış. Çocuğa kalp nakli yapılması gerekiyordu. Uygun bir kalp bulmak asıl sorun, tedavi masrafları ayrı sorundu. Sami Amca nasıl karşılasın?

Onu aldık, kantine götürdük. Orada anlatması için ısrar ettik. Çocuğun derdini bize anlattı. Çok acı bir laf etti sözünün arasında: "Babası öldü gitti, anası bıraktı gitti, Ece'min kalbi dayanamadı bunlara. Yaşaması için çocuğa yeni bir kalp lazım. Bu nasıl dünya?" dedi ve gerisini getiremedi. Bir süre için için ağlayarak çayını içti, sonra müsaade istedi. Simit satması gerekiyordu.

Sami Amca, daha fazla yanık simit satmaktan başka çare bulamıyordu ama o da bir çare değildi. Sadece simit satarak Ece'nin ilaçlarını alabilmesi mümkün değildi. On katı simit satsa bile yetmeyecekti.

***

Biz tiyatro topluluğuna eğlence olsun diye katılmıştık. Vaktimizi değerlendirmek için, güzel bir uğraş edinmek için, sosyal bir etkinlikte olmak için katılmıştık. Tabii ki yakışıklı çocuklar ve güzel kızların katıldığı bu toplulukta gönül işleri de fena olmazdı. Fakat Sami Amca'yla kantinde bir bardak çay, iki damla gözyaşını paylaştıktan sonra iş değişti bizim için. O gün adeta birbirimize kenetlendik. Akşam toplantıda tiyatro değil, Sami Amca ve Ece'yi konuştuk. Ne yapabilirdik? Gördük ki, çok şey yapabilirdik. Biz de hemen kolları sıvadık. Başta yapılması gerekenler şunlardı. Birincisi Ece'ye, ikincisi Sami Amca'ya moral vermek. Çünkü ninesi ve dedesi üzgünse, tabii torun da üzgün olacaktı.

Ece bir süre okula devam edemeyecekti. Bu yüzden onu ziyarete gidecek ve derslerine yardım edecektik. Böylece hem moral vermiş olacaktık hem de bütün ihtiyaçlarını tek tek öğrenecektik.

Biz aynı evde yaşayan üç kız, Ece'nin derslerini üstlendik. Sırayla gidecektik. Aynı evde oturduğumuz için koordine olmak kolaydı. Ayrıca Sami Amca bizden gelecek yardımları yüksünmeden kabul ederdi. Haftada ikişer gün gidiyorduk, Ece'yi haftanın altı günü görüyorduk. Biraz ders çalışıyor, daha çok oyun oynuyorduk.

O evde gördüğüm bir sahne beni çok etkilemişti. Ece dedesinin soğuktan çatlayan ellerini öperek iyileştirmeye çalışıyor ve "Çok acıyor mu dedeciğim?" diye soruyordu. İçim burkulmuştu.

Sami Amca ve eşi Nurgül Teyze çok memnun olmuştu. Nurgül Teyze istemiyordu ama biz ev işlerine de yardım ediyorduk. Nurgül Teyze altmış beş yaşındaydı, ara sıra tansiyondan yana sıkıntılar yaşıyordu. Haftanın altı günü ziyarete gitmemiz çok iyi olmuştu, hem Ece'yle yeterince ilgileniyorduk, hem de onlara göz kulak oluyorduk. Bir gecekonduda yaşıyorlardı. Kendi hallerinde, sessiz sedasız insanlardı. Allah korusun, kadına bir şey olsa, kimin haberi olacaktı?

Bazen dertleşirdik Nurgül Teyze'yle. Bana hep fakirlikle nasıl mücadele ettiklerini anlatırdı. O anlattıklarının arasında beni en çok üzen hasta olduğunda tekrar yemek zorunda kalmamak için kusmamaya çalışmasıydı. Tutmuş kadın kendini. Çünkü son öğünü akşam yemeğinde yemişler. Evde ekmek bile yokmuş. Ertesi gün de ilacını içememiş kadın, çünkü ilaç tok karnına içilebiliyormuş. Neyse ki Sami Amca evdeki boş süt şişelerini bakkala satıp karşılığında ekmek almış karısına.

Ece'nin yorulmaması, üzülmemesi, aşırı heyecanlanmaması gerekiyordu. Parka götürüyor, göz kulak oluyorduk. Arkadaşlarına hasret olduğu için onlarla koşturmak istiyordu. Hemen müdahale ediyor, yorulmamasını, daha sakin oynamalarını tekrar tekrar tembihliyorduk, çünkü çocuklar hemen unutuyordu.

***

Ece'nin ilaçlarını ve tedavisini kısmen sigorta karşılıyordu fakat geriye kalanlar bile Sami Amca için çok fazlaydı. İçimizden iki kişi ilaç firmalarını gezdi ve onların ilaç mümessilleriyle konuştu. Hastanelere, eczanelere, tıp merkezlerine ilaç ve cihaz satan mümessillerin az da olsa promosyon olarak verebildikleri ilaçları aldılar. Onlardan düzenli olarak ilaçları temin edebilecektik. Yanık Amca bu habere çok sevindi. Bizlerin Ece'ye çok iyi örnek olduğunu söyledi. Ece'nin büyüdüğünde bizler gibi iyi bir öğrenci olmasını canıgönülden diliyordu.

Sami Amca'nın simit tezgâhı başında fotoğraflarını çektik, sosyal medya hesapları üstünden paylaştık. Matrak arkadaşlarımız Sami Amca'nın müşkül durumunu fazla açık etmeden duyurmanın yolunu bulmuştu.

"Simitleri Yanık Simitçi'den al."

"En iyi simit, yanık simit."

"Yanık simit ye, sen de yanma!"

"Yanık simit zihin açar. Şans getirir. Sınavların kolay geçer."

"Sınavlarda balık soru istiyorsan, yanık simitten şaşma."

Böyle sloganlar üretmişlerdi. Sürekli paylaşıyorlardı. Sami Amca'nın simit satışları birkaç katına çıktı. Yanında karper peynir de satmaya başladı. Tabii bunlar ancak evini geçindirmeye yeterdi. Olsun, ilaçları temin ediyorduk. Tedavi masrafları Hacı Bakkal üstlenmişti.

"Bu yıl umreye gitmem. Dalmak için de Kaş'a giderim, olur biter" dedi, kestirip attı. Gerisi gelirdi nasıl olsa.

***

Nitekim öyle oldu. Ece'nin sayesinde öğrenci halimizle iyi kötü para kazanmayı da öğrendik. Bizim okulda burslu, yarı burslu ve paralı öğrenciler vardı. Sadece askerlikten yırtmak için okula turist gibi gelip giden çok zengin çocuğu vardı. Bunlar en başta pahalı arabalarıyla dikkat çekerlerdi. Derslerle hiç arası olmayan bu çocukların diploma almak için her şeyi yapacağını bilirdik. Biz genellikle orta halli ailelerin çocuklarıydık. Yani tam burslu ya da yarı burslu okuyorduk. Mecburen inekliyorduk. Okulun zengin haytalarına tez hazırladık. Hatta onların yerine sınava bile girdik.

Biz onlara haytalar diyorduk, onlar da bize stajyer melekler diyordu. "Yanık Simitçi halkla ilişkiler olayını çözmüş atmış, özel tiyatrosu bile var" diyorlardı.

Biraz çekememezlikten, biraz okulun geleneğinden ötürü pek sevmediğimiz haytalar, sandığımızın tersine adam çıktı! Kaptan yine haklıydı yazdıklarında,

"*Ummadığın insanlar adam oluyor, adam sandıklarınsa yalan*" diyordu.

Başta bizimle dalga geçiyorlardı ama baktılar ki biz Ece için harıl harıl çalışıyoruz, ilgilenmeye başlayıp, "Biz ne yapabiliriz?" diye sordular. Ders çalıştırın diyecek değildik!

"Herkes Ece için elinden gelenin en iyisini yapıyor, siz de öyle yapın. Onu gezdirin eğlendirin" dedim.

Haytaların en iyi bildiği şey buydu. Başka bir şey bildikleri de yoktu. Beklediğimizden fazlasını yaptılar. Süper lüks arabalarla gezip tozmayı, kaza yaptıkça model yükseltmeyi fazlasıyla sevdikleri için ekibin ulaşım organizasyonunu tamamen onlar üstlendi. Altı gün Ece'ye ders vermek için arabayla gidip gelir olduk. O kadar disiplinli davrandılar ki, biz hayretler içinde kaldık. Dakikasında gelip alıyorlar, bununla gururlanıyorlardı.

***

Ece bir ay okula gitmedi ama derslerinden de hiç geri kalmadı. Soğuk havalarda bile gezdi haytaların sayesinde. Hatta Yanık Amca yağmurlu havalarda okula spor arabalar, ciplerle bile gidip geldi.

"Yapmayın arkadaşlar, adam utanıyor" dedik sonunda.

Haytaların babaları büyük patron! Bunlarda bir ikna kabiliyeti var, iletişimde ders verirler! Sami Amca'ya katlanır, tekerlekli, camekânlı bir simit tezgâhı yaptırdılar. İster tablasını alsın gelsin ister tekerleri sürsün. Ece okuluna döndüğünde üstü başı, çantası, kelemleri, silgileri, boyaları hep en güzeliydi.

"Fazla sevindirmeyin, aşırı heyecanlanmasın" diyordum.

"Biz ayarı veriyoruz sıkıntı yok" diyorlardı.

Ece bizi o kadar güzel birleştirmişti ki, apayrı insanlarla aile gibi olmuştuk. Faruk Abi bizim haytaların arabalarına gözü gibi bakıyordu. Hepsini tanıyor, otoparkta yer tutuyor, her gün yıkayıp silip parlatıyordu. Bir tanesi dalgıçlığa heveslendi, Hacı Bakkal "Umreye de geleceksen seni Tayland'a götürürüm" diyordu.

Sami Amca'nın da Nurgül Teyze'nin de hiç ağladığını görmedik. Yalnız hissetmediler hiç. Biz de öyleydik. Yıl sonu için bir Shakespeare oyunu sahnelemek istiyorduk. Ece için vazgeçtik, bir çocuk oyunu sahnelemeye karar verdik.

"Ne istersin?" diye sorduk.

"*Külkedisi*" dedi.

# 4

*Külkedisi*'ni oynamak için provalara başladık. Kuliste çay ve kahve makinesi vardı. Çayımızı kahvemizi Faruk Abi yapıyor, biz mola verince hepimize dağıtmaktan çok büyük gurur duyuyordu. Çayımız, kahvemiz, suyumuz, şekerimiz Hacı Bakkal'dan geliyor, hepsini Faruk Abi getiriyordu.

Haytaları sahneye çıkmaya ikna edemedik fakat ulaşım işlerini yine onlar üstlendi. Akşam provaları uzun sürerse, gelip servis şoförlüğü yapıyorlardı. Hatta eğer bir gün turneye çıkacak olursak ekip için minibüs ve dekor için kamyon ayarlayacaklarını söylüyorlardı. Bizim haytaların elebaşı ünlü bir müteahhidin oğluydu. Kepçe, dozer bile ayarlayabileceğini söylüyordu. Sami Amca'nın gecekondusunu sahiplenmek istiyordu. Kat karşılığı alacak, ona iki daire verecekti. Biri Ece'nin, diğeri Sami Amca'nın olacaktı.

"Bu yaz yapalım bu işi Sami Amca, altı ayda teslim ederim daireleri" diyordu.

Sami Amca da "Ece iyileşsin, hepsi de olur. Ne isterseniz yaparız" diyordu.

Sami Amca eskisi gibi mutsuz ve umutsuz değildi. Uygun bir kalp bulunsa, bir çaresi bulunurdu artık, el birliğiyle hepsi hallolurdu, bunu anlamıştı, gönlü ferahlamıştı.

Yaşlı adam yine de üzgündü tabii. Oğlu ölmüştü, gelini kaçmıştı, biricik yadigârında kalp yetmezliği çıkmıştı. Küçücük çocuğun ağır bir ameliyat olması gerekiyordu. Uygun kalp bulunursa tabii. Biz de arıyor, duyuruyorduk. Tüm sosyal medyamızı bu iş için kullanıyorduk. Yeter ki bir kalp bulunsun diyorduk, gerisi nasıl olsa hallolurdu.

***

Baharın güzel sabahlarından birinde erkenden gelmişti okulun önüne. Kimsecikler yoktu henüz ortalıkta. Serçeler daldan dala sekiyordu. O gün benim önemli bir sınavım vardı. Babam önemli günlerde erken kalkmamı ve o güne erken başlamamı öğütlerdi. Hep öyle yapardım. Sami Amca'yı uzaktan görünce sevindim, simitler hazırdı, kantinde çayla yerdim. Sami

Amca beni görmemişti, kaldırıma oturdu ve gözünden yaşlar dökülmeye başladı.

Bu kez görmezden gelemez, yanından geçip gidemezdim. O kadar çok görüşmüştük ki, artık aile gibiydik. Ağlarken görürsem adam utanır demedim. Yanına oturdum.

"Sami Amca ne oldu?" diye sordum.

"Yok bir şey kızım. Ben yaşlı adamım, bazen olur böyle" dedi.

Eliyle gözlerini sildi. Kalkıp gidecek değildim. Ne diyeceğimi de bilemedim. Öylece oturdum kaldım yanında.

"Sen okuluna git kızım. Durma burada" dedi.

"Tamam Sami Amca, gideceğim" dedim.

Sami Amca ayağa kalktı.

"Simit ister misin?" diye sordu.

"İstemez olur muyum?" dedim.

Kâğıda iki simit sardı, yanına iki karper peynir koydu.

"Al Ece kızım. Bunlar benden, ona göre" dedi.

"Tamam Sami Amca, teşekkür ederim" dedim.

Simitlerle karperleri aldım ama dönüp gidemedim.

"Adaşım nasıl? İyi mi?" diye sordum.

"İyi kızım, iyi çok şükür. O da sizi soruyor" dedi.

"Bu hafta sınavlarım var, görmeye gelemedim. Hafta sonu geleceğim, söylersin ona" dedim.

"O da okula gidip geliyor zaten. Söylerim geleceğini" dedi.

Tutamadım çenemi. "Ağlama böyle Sami Amca. Her şey düzelecek" dedim.

"Biliyorum Ece kızım, Allah hepinizden razı olsun. Yalnız bırakmadınız bizi. Ece de sizi soruyor, tiyatroyu soruyor."

"Az kaldı Sami Amca, bahar geldi, okul bitiyor" dedim.

"Babam da gelecek mi oyunuma diye sordu. Aklıma düştükçe, ağlıyorum böyle Ece kızım" dedi.

Benim de boynum büküldü, gözlerim doldu.

***

Ece dokuz yaşındaydı, çok akıllı bir kızdı. Ne anlatsak, hemen anlıyordu. Ara sıra dalıp giderdi. Annesini sorardı bize.

"Annem de gelecek mi? Annem ne zaman gelecek?"

Ece, babası öldüğünde altı yaşındaymış. Annesi "Baban gitti" demiş. "Baban gitti, gelmeyecek" demiş. Babasının öldüğünü ondan gizlemişler. Annesi çalışıyormuş, onu ninesiyle dedesine bırakıyormuş.

Sami Amca ve Nurgül Teyze de mecburen "Baban gitti" diyormuş.

Haliyle Ece "Hiç gelmeyecek mi?" diye soruyormuş.

Ne diyeceklerini bilemiyorlarmış. Sonra annesi bırakıp gitmiş Ece'yi. Ondan uzun süre hiç haber alamamışlar.

"Annen gelecek" demişler. "Babanı aramaya gitti" demişler.

En sonunda Sami Amca gelinini bulmuş. Kadın Ece'ye bakmayacağını, başka biriyle evleneceğini ve kendi yoluna gideceğini söylemiş.

"Beni de öldü bilsin" demiş.

Sami Amca orada yıkılmış. Ece'ye ne diyeceklerini bilememişler. "Baban da annen de öldü" demişler.

Ece inanmak istememiş. Dedesiyle ninesine çok kızmış. Onları suçlamış.

"Siz annemi babamı saklıyorsunuz" demiş. "Ben sizi istemiyorum, annemle babamı istiyorum" demiş.

Sami Amca ve Nurgül Teyze çok üzülmüş, çok zorluk çekmişler. Ece her akşam zırıl zırıl ağlıyormuş. Annesiyle babasının öldüğünü kabul etmiyormuş. Sonra annesi pat diye çıkıp gelmiş.

"Baban öldü. Ben de başkasıyla evlendim. Belçika'ya gidiyorum" demiş.

Ece'nin aklı, duyguları iyice karışmış.

Nurgül Teyze "Keşke hiç gelmeseydi. İkisini de öldü bilseydi" demişti.

Ece bazen annesini soruyordu hâlâ. Bize de sormuştu. "Siz tanıyor musunuz benim annemi? Gelecek mi?" diyordu.

Bunları bildiğim için Sami Amca'nın halini anlamıştım. Benim de gözlerim doldu, o söyleyince. Ece küçük yaşta üst üste iki büyük acı yaşamış, ama daha beteri, duyguları ve aklı çok karışmıştı. Belki Sami Amca haklıydı, çocuğun kalbi yetmiyor, dayanmıyordu bu acıya. Başkasının kalbi lazımdı. Hepimiz kalbimizi vermiştik ona.

***

Tam da o günlerde Kadir'den bir mail geldi. Aklımdan çoktan çıkmış birinden bunca zaman sonra bir mesaj gelmesi beni çok şaşırtmıştı. Önce okumadan direkt silmek istedim ama sonra vazgeçtim. Ondan o kadar nefret etmeme rağmen ne yazdığını merak ediyordum. Bir hainin satırları, yaşanan bunca şeyin ve geçen bunca zamanın ardından nasıl olurdu acaba? Kısa bir tereddüdün ardından yazdığı maili okumaya başladım:

*"Şimdi rahatsındır. Aldatılan insan aldatanından umudu keser, onu kendinin çok dışında bir yerlere gönderir. Bu acının içinde gizli bir huzur vardır biliyor musun? Yenerek kaybedenler diyorum ben aldatılanlara... Asıl derdi biz çekiyoruz inan. Pişmanlığın dişleri etimize geçiyor. Sırtımızı kemiren bir sırtlanla yaşıyoruz.*

*Belki de benim suçum yok. Belki ben mutluluğu başkasında bulmak için yaratıldım kim bilir? İçimde biri varken dışımdakini de içime almaya çalıştım ve bu yük bedenime ağır geldi. İçimin taş kaldırımlarına güller ekmeye çalıştım. Kırık bir kalbi başka bir kalple onarmaya çalışınca ortaya iki kırık kalp çıkıyormuş bunu anladım. Ve sen hep sustun. Seni aldattığımı bile bile sustun. Son ana kadar konuşmadın. Oysaki bilmeliydim bir kadının konuşmasından değil susmasından korkulması gerektiğini...*

*Ben küçücük bir yağmur tanesiyken şimdi bütün gökyüzünün yükünü taşıyorum. Belki hayatında olamadım ama hayatın boyunca unutmayacağın dersin oldum. Damla kadar aşkımla sana okyanusluk tasladım. Utanç duyuyorum bundan. 'Bir şeyin kalbini kırması için yanlış olması gerekmiyor' derler. Belki yanlış kişi olmasaydım da kalbin kırılacaktı bilmiyorum... Bunu yaşamadan öğrenemezdik ama bunu yaşayarak öğrenmemize de izin vermedim. Tek suçlu benim. Yaşadıklarımdan değil yaşatamadıklarımdan suçluyum. Başka suçlu ararsam ve suçu kendimden başkasına yıkarsam ölene dek o günahımdan kurtulamam ve kirli kalırım. Kendi yarattığım depremler ve yıkımlar için başkasını suçlayamam. İyisi mi suçlu oluşumu kabul edeyim ve af dileyeyim senden.*

*Aşkın birleştirdiğini kader ayırabiliyor bazen. Tam doğdum, büyüdüm derken ölmek olabiliyor aşk. O kadar acı çekiyorum ki bunu kelimelerle anlatamam. Yaşamak için kendime boşluklar bulmaya çalışıyorum. Hayat ciğerime batıyor. Böyle de nefes alınıyor, alınıyor da yaşamak zor geliyor işte... Etrafım söyleyemediğim ölü cümlelerle dolu. Konuşamamanın ağırlığı biniyor üstüme. Susmak da istemiyorum. Susarsam boğulurum biliyorum. Geceler çok kötü geçiyor. Yaz geceleri kadar kısa, yaz geceleri kadar kara. Yalnızlığın dibini gördüm ben burada. Madem umudum yok, bari birilerine umut olayım dedim ve geldim sana. Affedebilirsen sevilmeye ve sevmeye hazırım. Ki seni hep sevdim...*

*Keşke sevmek yetse yeniden kavuşmaya...*

*Keşke aynı labirentte yeniden kaybolsam...*

*Keşke içinde biraz umut barındırabilseydi bu keşkelerim...*

*Keşke keşkelerin içinde boğulmasaydım bu kadar...*

*Keşke kendimi harcamasaydım bozuk para gibi...*

*Keşke bahtıma ve dilime bu kadar dolanmasaydı bu keşkeler...*

*Nasıl bir kelimedir bu keşke?... Eksen bitmez, ezsen ölmez... Bu sözcüğün, yıllarımın içinden bu kadar hızlı geçeceğini tahmin edemezdim. Keşkeler bir dilek olsaydı, dilek ağacına dönmüştüm çoktan. Keşke 'İyi ki' diyebilseydim.*

*Çok acı çektim senden sonra. Ama bir şekilde o acıları geçici olarak uyuşturmasını becerebildim. Sonra ne oldu biliyor musun? Daha çok acıdı canım. Düşün ki vücudunda ağır yaralar var ve sen o acıyı hissetmemek için kendine morfin vuruyorsun. Bir süre iyi geliyor. Fakat etkisi geçince eskisinden daha fazla acımaya başlıyor canın. Hem yandığınla hem de yaktığınla kalıyorsun.*

*Sevmediklerinden uzak durmak kolay. Ama sevdiğinden uzaklaşabilmek çok zor inan. Uzaklaşmak, kaçmak için attığım her adımda sana biraz daha yaklaşıyorum. Herkesten, her şeyden gidiyorum, bir sende takılıp kalıyorum. Kendime küçük mutluluklar edinip oyalanmaya çalışıyorum ama aslında yaptığım sadece büyük mutsuzluğumu ertelemek biliyorum. Erich Fromm 'Her insan mutlu olamaz... Çünkü gereğinden fazla özler dünü, hak ettiğinden fazla düşünür yarını ve hiç hak etmediği kadar bilinçsizce yaşar bugünü. Her insan mutlu olamaz çünkü gereğinden fazla özler hayatından çıkanları. Hak ettiğinden daha büyük umutla bekler hayatına girecekleri ve asla göremez yanı başındakileri' der. Bunu derken de tam da yaşadığım durumu anlatır aslında. Çok özlüyorum seni. Kendimi silercesine özlüyorum. Senden binlerce defa özür diliyorum. Sana hak etmediğin acıları çektirdiğim için kendimi affetmeyeceğim.*

*Gözlerimde bir yağmur saklıyorum. Yağarsa durmayacak biliyorum. Cezalandırmak istersen o bedeli de ödemeye hazırım. Toprağını çamura, yağmurunu sele döndürdüğümü biliyorum. Biliyor ve senden af diliyorum. Elimden bu kadar geliyor. Ne olur üstümü sen tamamla. Seninle yalnızlığı bile yaşamaya varım."*

Satırların ekrandaki yansımasına acıyan gözlerle baktım. Aslında ona yazılacak o kadar çok şey vardı ki ama bunu şimdi yapamazdım. Çünkü bir insan müsveddesine verilmesi gereken cevaptan daha önemli işlerim vardı. Ona hak ettiği cevabı verme işini bir süre ertelemek zorundaydım. Öyle de yaptım.

***

Sınavlar bitti. Provalara hız verdik. Ece için oynayacaktık. Hem ona moral verecek, hem de oyunla birlikte Ece'nin kalp nakli ihtiyacını duyuracaktık. Her insan bir umuttu. Ece'yi de bir kez provaya getirdik. Oyundan bir tutam izlettik.

"Ne istersin?" diye sorduk.

"Babam da gelsin" dedi.

Ne diyeceğimizi bilemedik. Allahtan haytalardan ikisi yanımızdaydı o sırada, onlar bizim kadar duygusal değillerdi. Hemen konuyu çevirip "Herkes kostüm giyecek. Sen de kostüm giymek ister misin?" diye sordular. "Külkedisi kostümü alalım, sen Külkedisi ol" dediler.

Ece "Evet isterim" dedi.

Külkedisi'ni ben oynuyordum. Benim kostümün aynısından Ece'ye de yaptırdık. Oyun gecesi iki Ece de Külkedisi olacaktı. Bizimkilerden harika bir fikir çıktı. Oyunun sonunda hep birlikte şarkı söyleyip dans edecektik. Ece'yi de sahneye çıkaracaktık. Şarkı ve dansı ona öğrettik. Sürekli kostümünü soruyordu, oyundan bir gün önce diyorduk. Tabii daha erken verdik kostümü, çünkü prova yapmamız gerekiyordu. Ece kostümüne bayıldı, çok sevindi. Üstünden çıkarmıyordu.

"Benim oyunum" diyordu. "Babam gelecek" diyordu.

Hem seviniyor hem üzülüyorduk.

***

Oyun için Hacı Bakkal ve hanımına on davetiye verdik. İlaç mümessillerine beşer onar davetiye dağıttık. Elli davetiye Umut Çocukları'na, elli davetiye bizim ilkokula verdik. Gerisi bizim üniversitenin öğrencileri ve öğretim üyelerinindi. Hacı Bakkal, Sami Amca ve

Faruk Abi'yi berbere götürdü. Faruk Abi'ye takım elbise almıştı. Sadece Ece'nin değil, Şarapçı Faruk Amca'sının da gecesiydi.

Faruk Abi işi kapmıştı, yüz balon getirmişti. Hepsini Ece'ye verdi. "Oyundan sonra sen çocuklara dağıt" dedi.

Ece "Ben sahneye çıkacağım" dedi. Sami Amca'ya emanet etti balonları. "Oyundan sonra alırım senden" diye ekledi.

***

Her şey güzel gidiyordu. Tüm hazırlıklarımızı tamamlamıştık. Aklımın bir kenarında Kadir'e yazmam gereken cevap vardı. O günden bu yana düşünüp ne yazacağımı toparlamıştım kafamda. Ona unutamayacağı bir mail gönderecektim. Belki, bu da benim intikamım olacaktı. Yazdım ve hiç düşünmeden "gönder" tuşuna bastım. İçim ferahlamıştı o an...

*"Merhaba tatlı hayallerimin acı sonu. Böyle başlamak geldi içimden. Biraz düşünürsen ne kadar haklı olduğumu anlarsın. Senden sonra da senin gibi yaradılışı eksik insanlar geçti hayatımdan... Her biriniz umulmadık yaralar açtı kalbime. İtinayla kazıdınız*

*kendinizi belleğime. Ama hiçbiriniz kalıcı olamadı orada. Hepiniz gömüldünüz sonunda bıraktığınız batakllığa... Ama sen, benim birazımı aldın giderken yalan değil... Gün bile diyemeyeceğim günlerim de oldu senden sonra. Sensizlik senden daha sıkı sarıldı bana.*

*Aldatıldığımı biliyordum ama kiminle aldatıldığımı öğrendiğimde asıl yıkım başladı. En yakın arkadaşımla beni aldatmıştın Kadir. Keşke bunu hiç bilmeseydim. Sadece aldatılmak bile gitmeme yeterdi aslında. Acımı koynuma alıp gitseydim keşke. Ama öğrenmek istedim. Yerime kimi koyduğunu bilmek istedim. Bilmek huzur getirmese de bazen... Madem sen Erich Fromm'dan örnek verdin ben de bir başka isimden örnek vereyim sana. Sabahattin Ali'nin de dediği gibi, 'Dümdüz yolda yürürken ayağımız bir şeye takılır hani. Dönüp, ayağımızı acıtan şey nedir diye bakarız önce... Bilmek, acıdan daha mühimdir bazen.' Ben bilmenin acısını yaşadım, sen bilmediğimi düşünüp gönül eğlendirirken... Şimdi bildiklerimi unutmuşken, seni de o unutulanlar çerçevesine yerleştirmişken neyin nesi bu yazdıkların? Nereden çıktın yine karşıma? Tamamlayamadığın hangi vicdansızlığın için döndün? Geçmişim olamamıştın, şimdi geleceğim olmak için mi geldin? Artık benim için sen bir 'fark etmez'sin. Fırtınada kaybolmuş bir yelkenli için rüzgârın nereden estiği önemli değildir. Geçti artık o günler... Mezarıma çiçekle gelmen, beni öldürmüş olman gerçeğini değiştirmiyor. Söylediklerin doğru ama inandırıcı değil. Her doğru inandırıcı olmuyor bazen. Cümlelerin ne anlattığı kadar nasıl bir ağızdan çıktığı da önemlidir.*

*Onu mutlu etmek için beni üzdün ama gördüğüm kadarıyla onunla da mutlu olamamışsın. Elindeyken değersiz olan ama kaybettiğinde kıymete binen biri miyim ben senin için? Kıymet bilmek yetmez, kıymet vermek de gerekirdi. Sevmek yetmez, sevgini göstermen de gerekirdi. Sen bunun için çok geç kaldın. Çünkü hayat bir kere yaşanır. Yara geçer, susar, ama izleri hep konuşur Kadir.*

*Sanırım sana biraz erkeğin ve kadının aşkı nasıl algıladığından bahsetmeliyim. Gerçi bunu sana çok daha önce anlatmalıydım ama seni iyi tanıyamamıştım o zamanlar. Dışını geçememiştim içini görmek için. Kadınlar sevmek için neden aramaz, erkeklerse nedensiz sevemez. Aşkın kendine göre nedenleri vardır evet! Ama o nedenler nedensizliklerdir aslında. Ve siz aşkta, biz kadınlar kadar cesaretli değilsinizdir. Mümkün olanı mühim olmayana çevirmekte üstünüze yoktur. Siz, bizim dışımıza bakarken biz, sizin içinizi görmeye çalışırız. Çünkü sır oradadır. Biz gözlerinizde karakterinizi ararız, siz gözlerimizin güzelliğine aldanırsınız. Güzellik insanları birbirine yaklaştırır, karakter ayırır. İnsanın kaşı gözü, bedeni değil, karakteri güzel olsun. Dağların güzelliğini seyretmek huzur verir ama onun içinde kaynayan lavları da unutmamalısın. Yoksa bir gün gelir seni yakar. Tıpkı benim yandığım gibi...*

*Şimdi bana içini dökmeye mi geldin yoksa bende içini temizlemeye mi? Önce buna karar ver. Başladığı gibi bitmiyor her aşk. Bittiğiyle kalıyor. Geride bıraktığın enkazı mı merak ediyorsun yoksa? Çok çekti o enkaz ama sonunda küllerinden doğan bir Anka kuşu olmayı başardı. Ah! Hayatın ne kadar acımasız olduğunu öğreten kişinin âşık olduğumuz kişiler olması ne acı. Bir kere yanıldın mı zaten gerisi hazırda bekliyor. Yine de kendi mutluluğunu yanında taşımalı insan. Başkalarından medet ummadan... Belki bir gün başkasına da lazım olur.*

*İnsanın baharı kendi içindedir Kadir... Mevsim kış olsa ne çıkar? Kırık bir kalbi yapıştırsan da kan sızar, yapıştırmasan da... O yüzden baharını içinde taşıyacaksın. Kalbine yama yapmak için değil, yeni bir kalbe dönüştürmek için...*

*Peki, şimdi söyle bana, ben kırık kalbimin çatlaklarında oluşan gözyaşı nehirlerinde boğulurken, sen hangi denizlerde kulaç atıyordun? Aradan geçen bunca zaman vicdanını temizlemek için hiç mi gözyaşı dökmedin? Bana, gülerek çektiğimiz fotoğraflara ağlayarak baktığım gecelerin hesabını verebilecek misin? Yalnızlığımın en kalabalık halinde içimde kanayan, parçalara bölünen ve her bir parçası karanlıkta eriyen canıma can katabilecek misin? Yok ettiğini var edebilecek misin? Senin işin var olanı yok etmekti ama değil mi?*

*Aşk, başlangıçmış gibi yapan bir sondur aslında. İnsanlar hep aynı aşkı yaşar ama sonunda hepsi farklı anar. Bu yüzden başına değil sonuna bakmak lazım aşkın. Bu yüzden aşk sondur. Kendim için değil, senin için ayrıldım senden biliyor musun? Kendini görebilmen için önünden çekildim. Kendini duyabilmen için sessizleştim. Kendinden utanman için kendimi sildim. Bu sana verdiğim sessiz bir cezaydı. Görüyorum ki bu ceza sana fazlasıyla yetmiş.*

*Sessiz çığlıkları vardır kırılan kalbimizin ve onları yalnızca Allah duyar. Senin duymadığın ve hiçbir zaman duyamayacaklarından bahsediyorum. Umarım beni anlıyorsundur. Keşke biraz düşünebilseydin. Düşünmediğin için şimdi kalbin acıyor biliyor musun?*

*Beynin düşünemediği her şeyin cezasını kalp çeker. Düşünmek beyni acıtmaz ama düşünmemek kalbi yorar.*

*Bana gelince... İyiyim ben. Aşkta özgürlüğün, tutsaklıkla başladığını ve aynı zamanda da hayatta aşktan daha önemli şeyler olduğunu öğrendim. Mesela insan olmak... Bir yığın tecrübeye sahibim ve her gün bir yenisini daha ekliyorum bunlara. 'Kurt kışı geçirir ama yediği ayazı unutmaz' diye bir laf vardır bilir misin? Geçmişten edindiğimiz tecrübeleri unutmamalıyız. Geçmiş, geleceğe köprüdür. O köprüden geçmek cesaret, cesaretse tecrübe ister. Sen o köprüden geçerken, yanında ben olacaktım. Ama sen beni o köprünün tam ortasında nehre attın. Bende sana fazla gelen neydi? Ya da eksik mi demeliyim? Benim için kendinde vazgeçemediğin şeyin ne olduğunu çok merak ediyorum. Benimle neleri kazandığından çok, benim için nelerden vazgeçtiğine bakarım ben.*

*Endülüslü İbn Hazm şöyle der: 'Ölümden daha güçlü olan şey, bize ölümü göze aldıran şeydir, candan daha kıymetli olan, canın kendisi için feda edildiği şeydir.' Sen biri için ölümü göze alamadıysan, ölümden çok korkuyorsun demektir. Canını, hiç düşünmeden sevdiğin biri için feda edemiyorsan, canını sevdiğin kişiden daha kıymetli görüyorsun demektir. İnsanın bir başkası için nelerden vazgeçebildiği onun karakterini gösterir. Seni sen yapan biriktirdiklerin değil, vazgeçtiklerindir unutma.*

*Şu hayatın bize en büyük darbesi beklediklerimizin hiçbir zaman gelmemesi, gelenlerin ise bizi hak etmemesidir. Bazı insanlar hiç başlamayan hayatlarının bitmesinden korkarlar... Neyi biriktirebilmişler ki kaybetsinler? Sen de onlardansın bana göre. Elinde avucunda hiçbir şey kalmamış ama hâlâ yitirmekten korkuyorsun. Kolların boşluğa alışmış ama benimle doldurmaya çalışıyorsun. Bitmişsin ama hiç başlamamış olduğunu anlayamamışsın. Söylenmiş sözleri duymamışsın, şimdi söylenmemişleri dinliyorsun. Göremediğin şey şuydu: Ben sana hayatımı verdim, sen onu başkasının çöpüne attın.*

*İnsan her sabah yaşamak için gözlerini açar ama kimse geceleri ölmek için uykuya dalmaz. Uyumak için değil, uyanmak için uyuruz. Ama kimse bunu böyle bilmez. Herkes bu refleksin doğal olduğunu düşünür. Hepimiz bakarız ama çok azımız görürüz. Bana yaptıkların kalbimi köreltirken gözlerimi açtı. O yüzden şimdi benden yeniden o körlüğe dönmemi bekleme. Hayatın kabul etmemesi umurumda değil... Canım yaşam çekiyor.*

*Bunları sana nasihat olsun diye yazıyorum ama, bana bunları senin yaptıkların öğretti. Kimseden duymadım söylediklerimi. Ve kimseye anlatmadım. Çünkü yıllardır sahibini bekliyordu bu sözler. Yani seni! Bunlar benim yaşadığım gerçekler. Sen yine de kendi gerçeğinin peşine düş. Başkasının öyküleriyle kendi gerçeğini arama. Dünyada senin gibiler çok. Zalimlerin kazandığı bir dünyada yaşıyoruz. Elbet bir gün gelip seni de bulur senin gibi birisi. Onun sana yaşattıklarından öğrenirsin kendi gerçeğini. İşte o zaman daha iyi anlarsın beni. Yine şükredelim halimize. Yaşadığımız o günler olmasaydı, yaşadığımız bugünlerin kıymetini anlayamayacaktık. Üzgünüm... Artık geçmişte kalmış bir imkân, gelecekte var olan bir imkânsızlığım senin için.*

*Bundan sonra hayatına girecek kişinin yarınlarının dünde kalmasına sebep olma. Kendini hep haklı gördün. O zaman hep haklıysan neden mutlu değilsin? İnsanlar böyledir işte, kendilerini hep haklı görürler ama çoğu zaman da mutsuzdurlar. Sen şimdi hatanı görmüşsün ama bazı pişmanlıklar yalnızca pişmanlık olarak kalırlar, hiçbir şeyi geri getirmezler... Ama üzülme, en azından bundan sonrası için her zaman yanında taşıyacaksın o pişmanlıkları. Sana hep ışık olacak ve yol gösterecekler. Zamana bırak her şeyi.*

*Ama şunu da sakın unutma: Zaman bazı şeyleri bize getirdiği gibi bazı şeyleri de bizden götürür.*

*Sen kendini harcamamış, ziyan etmişsin. Bu yüzden 'keşke'ler akıyor cümlelerinden. Dünyanın en hüzünlü ve en kısa hikâyesidir o kelime. Kurduğun hangi cümlenin başına bu sözcüğü eklemişsen o kadar yanılmışsındır ve o kadar pişman olmuşsun demektir. Ve en zor olan, o kelimeyi kullanırken yaşadığın hayal kırıklığıdır. Vazgeçmenin erken olduğu vakit, telafi etmenin de geç olduğu bir vakit demektir. Keşke bu kelime hiç girmeseydi hayatımıza. Ama görüyorsun ki bu cümleyi bile kurarken o kelimeyi kullanıyorum. Pişmanlıkların girişi bu kelimeyle başlar, çıkışı zaten yoktur. Her şey için geç kalınmıştır. Ve geç kalınmış her şey bir pişmanlıktır. Yaptıklarının ve yapamadıklarının pişmanlığı... Yenilgilerin şapkasıdır o kelime. Mağlubiyetlerin, bozuk para gibi harcanmış hayatların ve boşa giden yılların itirafıdır. Ertelenmiş her şeyin intikamıdır.*

*Dalından kopan hiçbir şey tekrar o dala yerleşemez. Geriye kalan yapayalnız bir daldır. İncecik bir sızı gidenin yerini alır. Ağlarsın sabaha kadar. Gözyaşların gözüne batar. Keşke'ler tırnak gibidir, kestikçe uzar. Bitecekmiş gibi olduğu yerden yeniden başlar. Her yere saçılır ama hiçbir yerden toplanamaz. İçimizi yakarak, kendimizi kurtarmaya çalışmaktır keşke. Gizli utançların ve gizli kederlerin kelimesidir. Keşkelerin çoğaldıkça sen azalıyorsun farkında mısın? Mutluluğundan çalıyor, eskimiyor ama eksiltiyor. Her köşe başından sana göz kırpıyor. Kaybedenlerin satır başıdır keşke. Aslında çok âciz bir kelime bu biliyor musun? Ne öldürüyor ne güldürüyor. Kaybedenler için tasarlanmış. Ama sen mağlup olmuşsun. Geçmişi kaçırmış ama geleceğe de tutunamamışsın. Olması mümkün olmayana, olması için yakılmış bir ağıt gibi değil mi senin için o kelime? Ya da kendine ettiğin sitem? Hakkını veremediğin bir hayatın bedeli... Beni düşünerek kurduğun her cümle içini sızlatan bir keşkeyle bitecek buna alış. Ve bunu anlamaktan yorul! Ama o kadar da üzülme. Tecrübe denilen şey o keşkelerin toplamı değil midir zaten?*

*Hayat belki bana istediğim her şeyi yapabilme özgürlüğünü vermiyor ama dirayetim ve karakterim istemediğim şeylere karşı durmamı sağlıyor. Ama hepsinden önce neyi isteyip neyi istemediğime karar vermeliyim. Sen de öyle yap. Beni isteseydin kaybetmezdin. Ve şimdi kaybettiğinin peşinde koşmak zorunda kalmazdın. Onurun ve gururun böyle yerlere serilmezdi. Aşkta gurur yoktur diyeceksin. Haklısın. Ben de senin gibi düşünüyorum ama vakti zamanında gururumu kıran birine geri dönecek kadar da gurursuz değilim. Karakterin cilasıdır gurur ama önce bir karakterin olması gerekir. Çünkü gurur, karakterin 'Ben varım ve buradayım' deme halidir. Aklınla kalbin arasındaki ince çizgidir. Bizi güçlü kılar gurur ama mutlu eder mi bilinmez... Kendine benim gözlerimden bakabilseydin, aşk adına gururunu ayaklar altına almanın senin gibi birinde ne kadar eğreti durduğunu anlardın. Kendine baktığında benim için gururunu hiçe sayan bir adam görebilirsin karşında ama ben sana baktığımda maymuna dönen birinden başka bir şey göremiyorum. Evet! Belki biraz ağır konuştum. Seni yaraladım ama senden yediğim darbelerin karşılığıdır bu sözler. İnsan cümlelerle de dayak yiyebiliyormuş bak. Bana bu fırsatı sunduğun için teşekkür ederim.*

*Boşadır elinde olmayanı kaybetmeme çaban Kadir. Değişmiyor işte bazı şeyler. Kimi durumlar inceldiği yerden kopmuyor. Severken söyleyememek gibi... Özlerken arayamamak gibi... Yıkılmak üzere olan bir köprü gibi. Ne üzerinden geçebiliyorsun ne üzerinde durabiliyorsun. Her an yıkılacak korkusuyla yaşıyorsun, adına yaşamak denirse tabii. Bazen hayat bize istediğimizi seçebilme imkânı sunar. Ama keşke ne istediğimizi seçebilme şansı da sunsaydı.*

*Ne tuhaf. Kendimi oğluna nasihat eden bir anne gibi hissediyorum şu anda. Annelik öyle bir duygudur ki sırf bu duyguyu tecrübe edebilmek için, kadın olmanın tüm zorluklarına katlanılabilir. Anne var, babası varken piç doğurur. (Üzerine alınma!) Anne var, yokluğun ve sefilliğin içinde insan doğurur. Hiçbir anne içinden ne çıkacağını bilmez. Ama her anne içinden ne çıkarsa çıksın onu korumak, kollamak ve eğitmek zorundadır. Çünkü annelik emektir... Emeğin aşka dönüşmüş halidir. Ben şimdi evladını bırakıp giden bir annenin çocuğu için çabalıyorum. Kaderimiz olmasa da adımız aynı. Kendimi o çocuğun annesi gibi hissediyorum. İşte gerçek aşk budur anladın mı? Buna saygı duy ve kabullen. Yeryüzünde öyle insanlar var ki kanatlanıp uçsam 'Yürüyemiyor ki!' diye eleştirirler. Sen onlardan olma. Uçanları yerden yere vurmak yerine düşenleri kaldırmaya çalış. Ne yaparsan yap ama bana bulaşma. Ben gittim senden. Sen elinde kalanlarla mutlu olmasını bil. Çünkü Orhan Baba'nın dediği gibi, 'Mutluluk yetinmektir.'*

*Güle güle..."*

İçim rahatlamıştı. Bu maile bir cevap gelebileceğini düşünmüyordum ama yine de onu engelledim. Kindar biri değildim ama onun bana yaptığı içime oturmuştu.

Buna bir intikamdan çok hesaplaşma denebilirdi belki. Haksızlığa uğramış olmamın karşılığıydı. Hak edene verilmiş bir hak edişti. İntikam için değildi bu yaptığım, buna gerek yoktu çünkü. Hayat ondan zaten almıştı intikamımı...

## 5

Ece, Sami Amca, Nurgül Teyze, Faruk Abi, Hacı Bakkal ve hanımı en ön sırada, bizim haytalarla birlikte oturuyordu. Gururla seyrettiler oyunumuzu. Oyun baştan sona çok iyi gitti. Finalde Ece sahneye çıkınca alkış kopardık. Birlikte şarkı söyledik, dans ettik, sonra seyircileri selamladık. Perde tekrar tekrar açıldı, bir daha bir daha selam verdik. Ece çok mutluydu. Oyunu özellikle çocuklar çok sevmişti. Sami Amca'nın, Nurgül Teyze'nin gözleri dolu doluydu, sevinç gözyaşlarını siliyorlardı mendil ucuyla. Faruk da ağladı.

Hepimiz çok duygulanmıştık. Faruk Abi ve Ece oyundan sonra çocuklara balon dağıttı. Herkes bizi tebrik ediyordu. Sahneden duyurmamıştık ama Ece'nin sağlık sorununu da biliyorlardı. Birçok insan bize destek vereceğini söyledi. Ne yapabileceklerini sordular. Çok mutlu olmuştuk, umudumuz artmıştı.

***

Oyunun sonundaki dansa Ece'yi de katmak bizim fikrimizdi, stajyer meleklerin fikriydi yani. Haytalar oyunda kullandığımız kırmızı halıyı kaşla göz arasında okulun kapısına sermişler. Ece'nin arabası onu bekliyordu. Üstelik o araba balkabağı gibiydi. Haytalar turuncu bir brandayı boyatıp balkabağına benzetmişler, arabaya geçirmişler. Camlar ve farlar açıktaydı, gerisi branda kaplıydı. Gerçekten balkabağı gibi bir masal arabasıydı. Haytalar bize bile sürpriz yapmışlardı. Ece gözlerine inanamadı.

"Tıpkı hayalimdeki gibi" dedi.

***

Masalı bilenler bilir. Külkedisi saraydaki baloya tıpkı bir prenses gibi gider. Arabası balkabağındandır ve fareler çeker o arabayı. Fakat etkisi gece yarısına dek sürecek sihirle o fareler görkemli atlara, balkabağı da muhteşem bir arabaya dönüşür.

Külkedisi saat tam on ikide saraydan ayrılmalıdır, çünkü saat on ikiyi vurduğunda, her şey eski haline geri dönecektir.

***

Oyunda bir guguklu saat kullanmıştık. Tam on ikide guguk kuşu yuvadan çıkıyor ve tam on iki kere ötüyordu. Sahnedeki oyunun süresiyle guguklu saati ayarlamak için çok prova yapmıştık. Oyun başlamadan hemen önce saati üç saat ileri aldık. Oyunun en heyecanlı yerinde saati denk getiremezsek, guguk kuşu tam on iki kere ötmezse madara olacaktık. Bu yüzden hem çok güzel bir saat bulmuştuk hem de gözümüz gibi bakmıştık ona. Ayrıca oyunun finalindeki şarkı ve dansta başarılı olursa onu Ece'ye hediye edecektik, sözümüz vardı!

Ece bütün salonun ayakta alkışladığı oyundan sonra çocuklara yüz balon dağıttı ve üstünde Külkedisi kostümü, elinde tekrar doğru zamanına geri getirdiğimiz guguklu saatiyle balkabağından arabasına bindi. Bize el salladı.

"Sizi çok seviyorum" dedi. Yüzündeki o mutlu ifadeyi hiç unutamam. O gülen yüz için bin tane kalbim olsa binini de ona verirdim.

***

Ece eve gidince guguklu saatin duvara takılmasını istemiş. Balkabağının sürücüsü kırmamış tabii, hemen yatağının üstüne bir çivi çakmış, saati takmış, öyle gitmiş. Sami Amca ve Nurgül Teyze bize belki kırk kere teşekkür etmişlerdi.

Ece kostümünü çıkarmak istememiş, onunla yatmış. Hemen uyumuş. Nurgül Teyze yanına gitmiş, üstünü örtmüş. Sonra onlar da uyumuş.

Saat tam on ikide guguk kuşu on iki kere ötmüş. Ece "Babam geldiii... Babam geldii..." diye bağırmış. Sami Amca yataktan kalkmış, Ece'nin yanına gitmiş. Ece uyuyormuş. Belli ki uykusunda sayıklamış öyle sevinçle.

***

Sami Amca bir daha yanık simit satmadı okulda. Faruk Abi cenazeye gelmedi, yüreği dayanmadı. Onu hiç görmedik. Terk edip gitmiş buraları. Kartal'daki bir çocuk parkında balon satarken görenler olmuş. Nereye gittiğini kimse öğrenemedi. Hacı Bakkal o yıl gitmekten vazgeçtiği umre ve dalış parasıyla mezar yaptırdı. Adaşım Ece'yi babasının yanına gömdüler.

O guguklu saat tam on ikide Ece'nin kalbiyle birlikte durmuş. Sihir bozulmamış. Külkedimiz öylece gitmiş uykusunda. Şimdi bütün masallar bana onu anlatır.

**SON**